D1246392

Même le livre se transforme !
Faites défiler rapidement
les pages et regardez...

Déjà parus dans la série

ANIMORPHS

Pour en savoir plus,
rendez-vous à la p. 194

K. A. Applegate
L'HÉRITIER

Traduit de l'américain
par Laetitia Devaux

Les éditions Scholastic

*L'auteur tient à remercier Michael Mates pour
l'avoir aidé à préparer le manuscrit de ce livre.*

Pour Tonya Alicia Martin

Et aussi pour Michael et Jake

Données de catalogage avant publication (Canada)

Applegate, Katherine
L'héritier

(Animorphs; 23)
Traduction de : The pretender.
ISBN 0-439-98516-1

I. Devaux, Laetitia. II. Titre. III. Collection.

PZ23.A64885He 1999   j813'.54   C99-932594-9

Illustration de couverture : David B Mattingly

Édition publiée par Les éditions Scholastic, 175, Hillmount Road, Markham
(Ontario) Canada L6C 1Z7.

4 3 2 1 Imprimé en France 9 / 9 0 1 2 3 4 / 0
N° d'impression : 49077

Je m'appelle Tobias.

C'est mon prénom. Mais les prénoms ne veulent pas dire grand-chose, n'est-ce pas ? J'ai connu deux Rachel. La première était capricieuse et insupportable. La seconde – celle qu'elle est devenue maintenant – est la fille la plus courageuse qui soit.

Vous vous dites que si je m'appelle Tobias, cela signifie au moins que je suis humain, non ? Vous pensez que j'ai des bras, des jambes, un visage et une bouche. Mais un prénom ne signifie même pas cela.

Je ne suis pas humain.

Je l'ai été autrefois. Je suis né humain. Il y a des caractéristiques humaines en moi. Et je peux me transformer en humain pendant deux heures d'affilée. Mais je ne le suis pas.

Je suis un faucon à queue rousse. Une espèce très commune de faucon, rien d'exotique. Les queues-rousses vivent le plus souvent dans les bois près d'une clairière ou d'une prairie. Tout simplement parce que c'est plus pratique pour chasser : perché sur la branche d'un arbre, on surveille le champ, on repère sa proie, on s'abat sur elle et on la tue.

Voilà ma vie. J'habite dans les arbres près d'une très jolie prairie. Malheureusement, la concurrence est rude, en ce moment. C'est la règle du jeu. Dans la vie des prédateurs, il y a des bonnes périodes et des mauvaises.

Car la vie des oiseaux de proie est avant tout une lutte. Un autre faucon à queue rousse s'est installé sur mon territoire. Il mange mes souris. A cause de son arrivée et de la sécheresse qui sévit en ce moment, la nourriture se fait rare.

C'est idiot, non ? Idiot que je me préoccupe de choses pareilles. Je veux dire, j'ai des pouvoirs bien plus grands que l'autre faucon. Je peux morphoser en humain. Je peux prendre l'animorphe de n'importe quel animal. Je pourrais morphoser en félin ou en serpent et tuer ce faucon.

Mais je ne le fais pas.

Je pourrais le défier. On pourrait régler ça en combat singulier. Faucon contre faucon.

Mais je ne le fais pas.

Je ne fais rien. Bientôt, il me provoquera. Peut-être qu'à ce moment-là, je prendrai une décision. Pour l'instant, je me contente d'avoir faim.

Je pourrais demander de l'aide aux autres. A Rachel et aux Animorphs, mes amis. Mais ce serait lâche de ma part, vous ne trouvez pas ? Pourquoi leur demander de régler une situation dont je peux me sortir tout seul ?

J'étais perché sur ma branche, dans mon arbre, à observer l'herbe sèche. Je la scrutais comme seul un faucon sait le faire. Avec des yeux aussi puissants qu'un télescope et un esprit qui n'est jamais fatigué de rechercher une nouvelle proie.

J'attendais en écoutant les brins d'herbe frémir. Une petite bourrasque de vent et de poussière. Le bruit de pattes minuscules foulant le sol.

Et de temps en temps, je lui jetais un coup d'œil. Il était de l'autre côté de la prairie. Le deuxième faucon. A une centaine de mètres, la longueur d'un terrain de football américain. Mais je le voyais nettement, comme si je me regardais dans un miroir placé très loin. Je voyais ses yeux féroces brun doré. Son vilain bec recourbé. Ses serres plantées dans l'écorce de l'arbre.

Lui aussi me surveillait. Nos regards se sont croisés. C'était un vrai faucon. Moi j'étais... j'étais cette créature unique et étrange appelée Tobias.

< Non, lui ai-je dit, même s'il ne pouvait bien sûr pas me comprendre. Non, je n'utiliserai pas mes pouvoirs contre toi. Ce sera un vrai combat, faucon contre faucon. >

Il s'est remis à surveiller le champ. Moi aussi. J'avais depuis longtemps repéré le terrier d'une lapine et de ses petits. Il restait trois lapereaux. Je suis assez humain pour savoir que les hommes seraient dégoûtés s'ils me voyaient tuer et dévorer un bébé lapin. Ils préféreraient que je m'attaque à la mère.

Mais ils auraient tort. La vie dans les bois n'est pas un film de Walt Disney. Si je tue la mère, tous les bébés meurent. Alors que, si je prends un petit, la lapine pourra à nouveau avoir des bébés. Des bébés que je pourrai à nouveau capturer, tuer et dévorer.

Mais ce n'est pas la seule raison : les lapins sont plus forts que les souris. Ils peuvent vous assommer d'un seul coup de leurs pattes arrière.

Voilà ma vie, dans une prairie où il y a de moins en moins de proies, mais un adversaire qui veut ma mort. Et une famille de lapins qui doit mourir pour que je puisse manger.

Maintenant, vous comprenez ce que je veux dire quand je prétends que les prénoms ne signifient rien ? Autrefois, quand j'étais un véritable humain, Tobias était synonyme de mauviette. Je pense qu'à l'époque, j'étais un garçon gentil. Que les professeurs m'aimaient bien et que les filles me plaignaient. Mais les costauds me tombaient dessus comme des moustiques sur une nuque en sueur.

Tout a changé de la manière la plus inattendue qui soit. Cela a changé le soir où Jake, Rachel, Marco, Cassie et moi avons traversé le chantier de construction abandonné.

Ce soir-là, nous avons vu un vaisseau spatial endommagé se poser. Ce soir-là, nous avons rencontré Elfangor, un prince andalite mortellement blessé.

C'est lui qui nous a appris que la vie telle que nous la connaissions allait prendre fin. Il nous a expliqué que les Yirks, des limaces parasites qui s'introduisent dans votre cerveau et vous réduisent à l'esclavage, étaient en train d'envahir secrètement la Terre.

C'est Elfangor qui nous a donné notre pouvoir, un pouvoir que jusqu'alors, seuls les Andalites possédaient. C'est lui qui nous a transformés grâce à la technologie andalite de l'animorphe.

Rien qu'en touchant un animal, nous pouvons acquérir son ADN et devenir cet animal.

Vous avez bien compris, le devenir.

J'ai morphosé en faucon, mais j'ai dépassé la limite fatale des deux heures. J'ai été piégé. Piégé dans le corps d'un faucon à queue rousse.

Piégé dans un monde où un autre oiseau peut parfois représenter une menace. Piégé dans un monde où je dois tuer pour me nourrir. Mais je ne tue pas comme les hommes, qui paient quelqu'un pour saigner l'animal, le découper et le mettre en barquettes dans un supermarché.

Je dois tuer des animaux pour les manger. Je dois fondre sur ma proie, puis lui broyer le cerveau et la nuque avec mes serres. Je dois sentir son cœur s'arrêter de battre. Et... je suis déjà en train de la dévorer.

Voilà ce que signifie le prénom Tobias. Le prénom de ce Tobias. De cette créature étrange et unique.

Un mouvement !

Un brin d'herbe a légèrement frémi. J'ai jeté un coup d'œil à mon adversaire. Il ne l'avait pas vu.

La proie était pour moi.

J'ai écarté mes ailes, je me suis laissé porter par le vent, puis j'ai filé au ras des fleurs sauvages et de l'herbe jaunie.

Slouch !

J'ai aperçu un flash marron. J'ai vu le petit lapin. J'étais très concentré. Électrisé.

La scène n'a duré que quelques secondes.

J'ai glissé sur l'air, modifié mon angle d'attaque, écarté ma queue et plongé, serres en avant, sur le bébé lapin.

Il ne m'avait même pas vu !

Sa mère m'avait vu, mais elle était à un mètre de lui. Trop loin.

Dans quelques secondes, mes serres allaient se refermer…

< Ahhhh !>

Tout à coup, j'avais peur, j'étais pétrifié de peur ! Au-dessus de moi, des ailes se découpaient sur le soleil. Des serres immenses et monstrueuses s'abaissaient vers moi, comme si elles surgissaient du ciel.

J'ai poussé un cri d'angoisse très humain et mon bec a touché le sol. J'étais toujours un faucon. Mais j'avais mordu la poussière et raté ma proie.

Paniqué, j'ai battu des ailes. J'essayais de reprendre ma respiration quand…

Vlan ! Deux grandes pattes de lapin m'ont frappé sur le côté de la tête, me projetant si violemment en arrière que j'ai manqué de perdre connaissance.

Je n'y voyais presque plus rien. Terrifié, j'ai cligné plusieurs fois des yeux. J'ai vu le bébé lapin s'éloigner en quelques bonds, puis sa mère se placer entre lui et moi. Elle me fixait de ses yeux parfaitement ronds en agitant sa bouche et ses oreilles.

Elle n'a pas vu la deuxième ombre surgir. Celle qui s'est approchée dans son dos, a plongé, serres bien écartées, puis qui est repartie à toute allure en conduisant son petit à une mort certaine.

CHAPITRE
2

J'avais faim. Mais en plus, maintenant, j'étais sonné. Ce n'était pas la première fois que ce genre de chose m'arrivait. Tout avait commencé deux semaines plus tôt. Des flashes étranges, comme des rêves éveillés. Au moment où j'allais m'emparer de ma proie, je devenais ma propre victime.

Du moins, c'est ce que je ressentais. Je sais que ça a l'air bizarre. Mais dans mon cas, qu'est-ce qui peut bien encore paraître bizarre ?

Parfois, je me demande si je ne suis pas fou. Je me demande si en réalité, je ne suis pas un malade mental enfermé dans un asile, un malade mental qui se prend pour un faucon.

Peut-être que je suis prisonnier d'une camisole de force. Peut-être que je suis dans une cellule capitonnée, à côté d'autres cellules du même genre remplies de fous qui se prennent pour Napoléon, George Washington ou des faucons à queue rousse.

Comment puis-je savoir ? Un fou sait-il qu'il est fou ? Se rend-il compte que ses visions ne sont pas la réalité ?

J'ai laissé le lapin à l'autre faucon. Mais je suis encore hanté par l'instant où je suis passé du statut de prédateur à celui de proie. Ce souvenir est gravé dans mon cerveau. Malgré le vif soleil matinal qui nourrit les courants thermiques qui montent des routes et des parkings, j'ai l'impression de voler dans l'ombre.

Pourtant, il y a un problème plus impérieux que celui de ma santé mentale. La faim. La faim comme l'éprouvent les prédateurs, irrépressible et désespérée. C'est une faim mauvaise. Une faim dangereuse.

Il était encore tôt. Les résidences que je survolais étaient calmes. Des parents prenaient leurs voitures pour se rendre au travail. Des enfants attendaient le bus scolaire. Certains discutaient ou jouaient, mais la plupart avaient l'air triste et frottaient leurs yeux ensommeillés.

Moi, je flottais au-dessus de tout ça, ignoré des humains. Puis je l'ai vu.

Il était encore frais, je l'ai tout de suite su. Un raton laveur qui s'était fait percuter par une voiture.

Un accidenté de la route. Une charogne.

Mais fraîche. Cela ne faisait pas une heure qu'il était mort. Sa chair serait encore tiède, surtout par une journée aussi douce. Les vers n'auraient pas eu le temps de se développer. Pas encore.

J'ai volé en cercle au-dessus de lui.

Si seulement il respirait encore. C'est idiot, non ? Faire une différence entre une proie vivante qu'on doit tuer, et une proie déjà morte.

En fait, j'avais parfois vu des faucons manger des animaux écrasés sur la chaussée. Des faucons vieux et faibles. Des faucons malchanceux. Cela existe.

Mais cela ne m'était encore jamais arrivé.

J'ai perdu un peu d'altitude. Le raton laveur était là, j'avais faim. La distinction était tellement minime entre un animal mort et un animal qu'on tue. Je voulais résister à ma faim, mais elle était très persuasive.

J'ai piqué aussi brusquement que si j'allais tuer. Peut-être voulais-je croire que c'était le cas.

J'ai piqué et je me suis posé sur le bitume craquelé. J'ai vérifié qu'il n'y avait pas de voiture en vue. La route était déserte.

Sans plus réfléchir, j'ai plongé le bec dans le ventre du raton laveur. Et j'ai commencé à manger.

Il était encore tiède. J'ai avalé gloutonnement. Je déchiquetais la chair et je déglutissais aussitôt. Encore et encore

– Tobias ?

J'ai tourné la tête, mais j'avais déjà reconnu la voix.

Rachel ? Oh non ! Non, pas elle !

Elle se tenait debout devant moi, ses livres de classe sous le bras. Même au beau milieu d'un tremblement de terre ou sous une averse de grêle, Rachel serait encore belle. Et en cette douce journée baignée de soleil, mon cœur battait la chamade.

Elle m'observait. Elle avait l'air gênée pour moi. Elle aurait aimé me dire quelque chose, mais ne savait pas quoi. Elle souffrait pour moi. Elle devinait mon humiliation.

Que pouvais-je faire ?

J'ai battu des ailes, sautillé sur la chaussée, et je me suis envolé.

Peut-être a-t-elle cru que j'étais un vrai faucon. Peut-être. Du moins, elle a fait comme si c'était le cas.

J'avais un bout de foie dans le bec. Je l'ai avalé.

CHAPITRE
3

J'ai revu Rachel deux jours plus tard. J'étais passé chez Jake pour vérifier que tout allait bien. Il n'y avait pas de mission en cours. Il faut dire que ces derniers temps, l'horrible histoire de David, le nouvel Animorphs, nous avait causé pas mal de soucis *.

David avait connu le même sort que moi. Il était devenu ce que les Andalites appellent un nothlit. Une personne piégée dans son animorphe. Mais David, lui, était prisonnier du corps d'un rat. Il ne pouvait pas voler. Il était une proie.

Et, contrairement à moi, David n'avait pas retrouvé – et ne retrouverait jamais – son pouvoir de morphoser.

---

* voir *La découverte* (Animorphs n°20)

21

Jake m'a dit que, même s'il n'y avait pas de mission précise, Rachel voulait me voir. Il a ajouté que c'était important. J'ai fait :

< D'accord. >

Ce soir-là, quand les lumières des chambres des sœurs et de la mère de Rachel se sont éteintes, j'ai volé jusqu'à chez elle. Sa fenêtre était entrouverte, comme d'habitude. Parfois, je viens faire ses devoirs. Je ne sais pas pourquoi. Je suppose que c'est pour rester en contact avec mon ancienne vie.

Grâce à un long entraînement, je me suis approché sans faire de bruit, puis je me suis glissé par la fenêtre ouverte avant de me poser sur son bureau.

– Bonjour, Tobias, a-t-elle murmuré.

< Bonjour Rachel. Écoute, pour l'autre jour… >

– Il y a un problème, m'a-t-elle interrompu.

< Lequel ? >

– Quelqu'un est en train d'enquêter sur toi.

Mon cœur a dû s'arrêter de battre un instant. Quand il s'est remis en marche, je cherchais mon souffle.

< Qu'est-ce que tu veux dire par là ? >

Rachel est sortie de son lit. Elle portait un long

T-shirt de sport, qui lui sert apparemment de chemise de nuit. J'ignore de quelle équipe il vient. Avant, je ne m'intéressais pas beaucoup au sport. Maintenant, cela n'a tout simplement plus aucun sens pour moi.

Elle a allumé la petite lampe près de son lit et s'est approchée de moi.

– Un notaire. Qui prétend être le notaire de ton père. Il représente aussi une personne du nom d'Aria. Elle prétend être ta cousine.

< Aria ? Ce n'est pas un truc d'opéra, ça ? >

Rachel a haussé les épaules d'un geste impatient, ce qui signifie chez elle : « Quelle importance ? Écoute plutôt ce que j'ai à te dire ! On se moque de savoir ce que c'est ! »

– Je ne lui ai pas posé la question, a rétorqué Rachel.

J'ai ri. Ne me demandez pas pourquoi, mais quand Rachel devient grognon, ça me fait toujours rire.

– J'ai appris cela par hasard. Par Chapman, a précisé Rachel.

Je n'avais plus du tout envie de rire. Chapman est le directeur du collège, mais c'est aussi un

Contrôleur de haut rang. Un humain complètement dominé par le Yirk qui se trouve dans sa tête.

< Chapman ? Comment a-t-il découvert ça ? Il t'a interrogée personnellement ? >

Rachel a secoué la tête. Ce mouvement a fait danser ses longs cheveux blonds sur ses épaules.

– Je me trouvais là quand il a demandé à sa fille Melissa si elle savait quelque chose à propos de Tobias.

< Je suis inquiet. >

– Tout le monde l'est inquiet, a répondu Rachel. Marco fait une crise de paranoïa aiguë. Moi, je n'ai pas l'impression que ce soit si grave. Je veux dire, peut-être que Chapman en sait davantage qu'il ne le dit à sa fille, mais je n'ai pas eu le sentiment qu'il faisait spécialement attention à moi.

< Ce n'est quand même pas bon signe. Marco a raison. C'est inquiétant. >

Rachel a éclaté de rire.

– Ça, c'est sûr. Chapman disait : « Cela fait des mois que Tobias n'est pas venu au collège. » Il a téléphoné à ta dernière adresse, et le gardien lui a répondu que tu étais sans doute chez ta tante.

< Dire que c'est là toute ma famille >, ai-je soupiré en essayant de paraître serein.

Mes parents sont sans doute morts. Avant de me transformer en faucon, j'étais trimballé entre mon oncle et ma tante. Le premier était alcoolique, la seconde ne s'intéressait pas à moi.

Je n'intéressais personne. Je ne dis pas ça pour me faire plaindre. C'est la vérité, voilà tout. Mais je ne peux pas leur en vouloir. Je veux dire, ils n'avaient pas demandé à se retrouver avec un enfant sur les bras. Alors, quand j'ai disparu, je suppose que ni l'un ni l'autre ne m'a cherché trop longtemps.

– Écoute, je sais où se trouve ce notaire, a repris Rachel. Jake est d'accord pour que nous nous occupions de cette affaire.

< C'est certainement un piège, ai-je répondu. Le notaire de mon père ? C'est impossible. Quand ma mère a disparu et que mon père est mort, il n'y avait pas le moindre testament, pas le moindre papier. >

– Je ne sais pas quoi te dire, a répondu Rachel.

< Le notaire de mon père. Ainsi qu'une femme qui s'appelle Aria et qui prétend être ma cousine. C'est un piège. Quelqu'un a découvert qui je suis. >

Rachel a hoché la tête. Pourtant, elle n'avait pas l'air entièrement d'accord.

– Peut-être. Sans doute. Mais d'après ce que j'ai compris, cette dame rentre d'Afrique. C'est seulement à son retour qu'elle s'est rendu compte que personne ne savait où tu étais. Elle a dû contacter le notaire de ton père. Elle a raconté à Chapman et à cet homme qu'elle voulait s'occuper de toi.

< S'occuper de moi ? >

– Te faire vivre dans une maison, Tobias. T'offrir un foyer.

CHAPITRE
4

Le notaire s'appelait DeGroot. Son étude ne payait vraiment pas de mine. Il y avait une épicerie d'un côté et une compagnie d'assurance de l'autre.

Cela ne ressemblait pas à un piège. Mais c'est tout le problème des pièges : si on voit que ce sont des pièges, ils ne servent plus à rien.

L'endroit nous posait un problème majeur : il n'y avait aucun endroit pour cacher une grosse ani-morphe comme Jake en tigre ou Rachel en grizzly.

Derrière le bâtiment se trouvait une benne à ordures. Et entre la benne et le mur, il y avait un petit espace sombre et assez discret pour que je morphose.

Pourtant, j'hésitais. Je planais dans le ciel sur un merveilleux courant d'air ascendant nourri par les rayons du soleil qui se réfléchissaient sur le béton. J'apercevais l'étude du notaire en regardant par la fenêtre. Je voyais une secrétaire assise à un bureau et des vieux magazines posés sur des tables dans la salle d'attente. Mais DeGroot était invisible.

Cela n'avait aucune importance. Les visages ne signifient pas grand-chose, quand le plus grave est la limace cachée dans le cerveau des gens.

J'ai jeté un coup d'œil autour de moi. Les autres étaient tous là. Jake et Cassie avaient choisi un banc en face du Taco Bell. Jake mangeait des nachos en me surveillant discrètement. Il savait que je le voyais. J'ai penché la tête d'un côté puis de l'autre pour lui dire bonjour. Il a levé un nacho vers moi, comme s'il me portait un toast.

Puis j'ai vu Marco sortir de l'épicerie avec une boisson assez grande pour que j'y prenne mon bain. Il a fait comme s'il rencontrait Ax par hasard – dans son animorphe humaine, bien sûr – et s'est avancé vers lui.

Je ne voyais pas Rachel, mais je savais qu'elle se trouvait dans la laverie qui jouxtait l'étude du notaire. En cas de danger, c'est elle qui viendrait à mon secours. Si je criais, elle filerait dans les toilettes du magasin pour morphoser en grizzly et défoncerait le mur mitoyen.

J'avais vraiment pitié de la personne qui risquait de se trouver dans les WC si jamais Rachel devait y morphoser.

Tout le monde était à son poste. Tout le monde était prêt.

Pourtant, j'hésitais toujours. Pas parce que la situation m'inquiétait. Pas parce que j'avais peur : c'est très rassurant de se sentir protégé par un grizzly.

J'étais nerveux. Qu'allais-je découvrir ? Qu'allais-je apprendre ? A quelle tentation allais-je devoir résister ?

La tentation est un terme, un concept étrange. Pourtant, c'était la tentation qui me tracassait le plus.

« Allez, Tobias, me suis-je dit. Les autres voient que tu cherches à gagner du temps. Vas-y. »

Je me suis approché du toit du centre commercial, puis je me suis posé en douceur entre le mur et la benne. C'était un endroit sinistre jonché de canettes de bière, de vieux sacs, d'emballages de friandises et de mégots de cigarette.

J'ai atterri dans la boue, à côté d'une maigre touffe d'herbe. Et j'ai commencé à morphoser.

Le truc bizarre, c'est que quand Jake ou l'un des autres Animorphs se transforme en humain, il démorphose. Alors que pour moi, l'humain n'est qu'une animorphe parmi d'autres. L'ADN humain s'est répandu dans mes veines. Mon propre ADN, grâce au beau travail de la puissante créature qui porte le nom d'Ellimiste.

Lors de l'une de nos premières missions, je suis resté prisonnier du corps d'un faucon. Que maintenant, je considère être le mien. Quelques mois plus tard, l'Ellimiste a utilisé mes services pour aider plusieurs Hork-Bajirs à s'échapper *. Il m'a récompensé pour mon aide. Mais rien n'est jamais simple avec cette créature bizarre.

Je lui avais demandé de me donner ce qui me tenait le plus à cœur. Je croyais qu'il me rendrait mon apparence humaine. Mais il m'a laissé dans

* voir *La mutation* (Animorphs n°13)

mon corps de faucon tout en me redonnant le pouvoir de morphoser. Il m'a mis face à moi-même et m'a permis d'acquérir mon propre ADN.

Je pouvais à nouveau être Tobias. Je pouvais occuper mon corps humain pendant deux heures et conserver mon pouvoir de morphoser. Mais si je dépasse la limite des deux heures, je resterai humain à tout jamais et je perdrai mon pouvoir.

Le peuple d'Ax, les Andalites, connaissent quelques petites choses sur l'espèce ou l'individu qu'on appelle l'Ellimiste. Mais personne ne sait s'il en existe un ou plusieurs, et quelle importance cela peut avoir.

Les Andalites racontent de drôles d'histoires sur les Ellimistes. D'après eux, ce sont des illusionnistes auxquels on ne peut se fier. Ces créatures utilisent leur pouvoir de manière imprévisible.

L'Ellimiste m'a joué un tour. Il m'a laissé choisir entre deux choses impossibles : redevenir humain et cesser d'être un Animorphs, ou vivre comme je vis actuellement.

Toutes ces pensées traversaient mon esprit pendant que je me concentrais sur le changement que je souhaitais opérer. Comme souvent, je me sentais en colère contre l'Ellimiste. Mais ma colère ne faisait que masquer ma propre indécision.

Mon corps a commencé à se transformer. D'abord doucement, parce que j'avais l'esprit confus, puis plus vite à mesure que je me concentrais.

J'ai grandi. Mes serres ont cessé d'être pointues pour devenir des orteils roses et potelés. Des jambes couvertes de peau ont jailli de mes plumes et ont grossi. J'ai entendu mes os s'étirer et s'épaissir.

J'ai senti, comme si cela se passait très loin de moi, mes organes remuer et se transformer. C'était une sensation désagréable, presque nauséeuse. Mais ça n'avait rien d'étonnant, vu les changements qui se produisaient en moi.

Les os de mes ailes se sont alourdis. Des doigts sont apparus au milieu des plumes. Puis, sur tout mon corps, les plumes se sont entortillées et ont disparu.

A la place, il y avait maintenant de la peau rose ainsi que le minimum de vêtements que j'avais réussi à incorporer à mon animorphe.

Mon bec est devenu souple. Il s'est peu à peu transformé en lèvres. Des dents sont apparues dans ma bouche avec un grincement qui a résonné dans mon crâne en pleine expansion.

Mon ouïe a perdu en finesse. Ma vue a baissé, comme si tout ce qui se trouvait à plus de dix mètres devenait sans intérêt. Mon regard ne se fixait plus naturellement sur des objets lointains, mais privilégiait la vision de près.

Je me sentais vulnérable sans mes plumes. J'avais également l'impression d'être aveugle et sourd. C'était comme si quelqu'un avait mis les boutons de luminosité et de contraste d'une vieille télé au minimum, puis baissé le son.

Les sens humains sont parfaits pour les besoins des humains. Mais comparé à un faucon, un homme est sourd, aveugle, et sans défense.

Le pire, c'était la loi de la gravité. Non qu'un faucon ignore la gravité. Mais quand on possède des ailes, ce n'est pas une chose dont on se soucie vraiment. J'avais tout à coup l'impression d'être en plomb, aimanté à la terre.

Les autres avaient laissé un sac en papier

contenant des vêtements derrière la benne. Je les ai enfilés aussi vite que j'ai pu avec mes doigts maladroits. C'était quand même formidable. Le grand avantage de l'homme sur le faucon, c'est vraiment ses mains.

Le cerveau humain est le plus perfectionné, cela ne fait pas l'ombre d'un doute. Mais il ne serait rien sans les mains.

J'ai vérifié ma tenue et jeté un coup d'œil à mes chaussures. En bougeant ma langue dans ma bouche, j'ai senti la présence de grosses dents.

— Bonjour, ai-je dit pour tester ma voix. Bonjour. Je suis Tobias.

– **B**onjour, je suis Tobias.

J'ai eu un instant d'hésitation. La secrétaire me regardait d'un air méfiant, comme si je venais lui demander de l'argent pour faire une partie de flipper.

– Je suis Tobias. (J'ai aussi donné mon nom de famille. Je m'en souvenais à peine. J'avais l'impression que c'était un pseudonyme.) Je crois que M. DeGroot veut me voir.

Elle avait l'air étonnée. J'ai regardé son badge. Elle s'appelait Ingrid.

– Ça se prononce DeGroot. Comme une grotte.

– Ah.

– Permettez-moi de vérifier auprès de M. DeGroot (Elle a attrapé son téléphone et pressé sur une touche.) Monsieur, il y a ici un jeune garçon qui s'appelle Tobias… Il prétend que son nom de famille est… Oui. Très bien.

Elle a raccroché.

– Il veut vous voir, en effet. La porte de son bureau se trouve juste derrière vous.

Je me suis retourné. L'étude du notaire avait un mur mitoyen avec la laverie automatique. Si je criais, Rachel mettrait environ trois minutes à morphoser et à tout casser.

Trois minutes, c'est très long quand on ne peut même pas voler.

J'ai tourné le bouton de porte. Les mains sont décidément très pratiques. En tant qu'oiseau, j'aurais été totalement désarmé devant un tel objet.

DeGroot était plus jeune que je le pensais. Il avait entre vingt et trente ans. Il portait une chemise blanche et des bretelles rouges. Sa veste était négligemment posée sur une chaise.

Il s'est levé et m'a accueilli avec un grand sourire.

– C'est donc vous, Tobias.

– Oui. C'est moi.

Il m'a examiné des pieds à la tête. J'ai fait pareil.

– Je vous cherchais, Tobias. Asseyez-vous, je vous en prie. Vous voulez un verre d'eau ? Un soda ? Un café ? Non, je suppose qu'à votre âge vous ne buvez pas de café. Un soda ? Nous avons du Coca classique et du Coca Light. Et peut-être aussi du Fanta. Je vais demander à Ingrid.

S'il se préparait à sortir un revolver pour me tirer dessus, ou s'il attendait que Vysserk Trois franchisse le seuil de la porte, il cachait bien son jeu.

Je me suis un peu détendu.

– Euh… Euh…

J'avais l'impression de me retrouver en train de faire un exposé devant une classe entière. J'avais perdu l'habitude d'être humain.

– Je voudrais un Coca ! ai-je presque hurlé.

DeGroot a tout de suite appuyé sur le bouton de son interphone.

– Ingrid, notre jeune ami aimerait boire un…

– Coca. J'ai entendu. Je vous l'apporte.

Le notaire et moi nous sommes observés en attendant le Coca. J'ai attrapé la canette d'un geste timide et je l'ai portée à mon bec. Euh, non, à ma bouche.

Cela faisait longtemps que je n'avais pas avalé

quelque chose de sucré. J'ai failli éclater de rire. J'étais comme Ax quand il morphose en humain. C'est tellement bon, le sucre ! La fraîcheur, aussi... Cela faisait très longtemps que je n'avais pas eu cette sensation dans ma bouche.

– Tobias, où habitez-vous ? Chacun de vos deux gardiens légaux semble croire que vous êtes chez l'autre.

Je n'avais aucune envie de répondre à cette question.

– Je me débrouille.

DeGroot a souri.

– Je n'en doute pas. Mais vous êtes mineur. Vous ne pouvez pas vous débrouiller. Pas aux yeux de la loi.

– Vous ne réussirez pas à m'enfermer, ai-je répondu. Je ne mentais pas : c'est l'avantage d'être un Animorphs. Aucune maison, école ou prison ne pourrait jamais me retenir prisonnier.

Le notaire a pris un air peiné.

– Ce n'est pas ce que je voulais dire.

– Qu'est-ce que vous vouliez dire, alors ?

Il a eu l'air un peu désarçonné. C'était étrange.

J'avais acquis une dureté que je ne possédais pas quand j'étais humain. Avant, j'étais un vrai souffre-douleur.

– Voilà la situation. Je représente les affaires de votre père.

– Mon père est mort.

– Tobias… (Il s'est penché sur le bureau.) Cet homme qui est mort n'était peut-être pas votre véritable père…

– Quoi ?

– J'ai ici un document… Votre situation n'est pas banale, c'est le moins qu'on puisse dire. Écoutez, Tobias, je vais être clair. C'est mon propre père qui possédait cette étude. Lui aussi est mort. Il a laissé ce document parmi d'autres dossiers. Mais le vôtre était accompagné d'instructions particulières. Très particulières. A la date de votre prochain anniversaire, les dernières volontés de votre père doivent vous être communiquées, si c'est humainement possible.

Je ne savais pas quoi dire. S'il s'agissait d'un piège, il était vraiment étrange.

– Vous êtes d'accord ? Ce que je vous dis ne semble pas vous étonner.

Tout à coup, j'ai compris que j'avais oublié de manifester mes émotions sur mon visage. En tant que faucon, c'est quelque chose qu'on ne fait jamais.

– Je suis surpris.

J'ai fait une grimace pour exprimer l'étonnement, mais je pensais déjà à autre chose : il avait dit qu'il me lirait le document le jour de mon prochain anniversaire. Or, c'était quand, mon anniversaire ? Je n'en avais pas la moindre idée.

– Il y a une seconde raison pour laquelle je souhaitais vous voir. Une dame nommée Aria m'a rendu visite. Elle prétend être votre cousine, la fille de votre grand-tante. Apparemment, elle vient d'apprendre votre situation. C'est une photographe animalière très célèbre. Elle revient d'une longue mission en Afrique. Elle veut faire votre connaissance.

– Pourquoi ?

– C'est un membre de votre famille. Elle veut vous venir en aide.

– Ah.

– Elle aimerait vous voir demain. A son hôtel, si vous êtes d'accord. Elle est descendue au trois étoiles du centre-ville. Vous savez où il se trouve ?

J'aurais pu lui répondre que je connaissais surtout son toit. Un faucon pèlerin a fait son nid dans un renfoncement près d'une cheminée d'évacuation. Et les thermiques y sont formidables. Ils glissent sur la face sud du bâtiment, et l'air chaud qui monte de la rue prend plusieurs degrés grâce au soleil qui se réfléchit sur les vitres.

Je me suis contenté de répondre :

– Oui, je sais où c'est.

– Elle s'inquiète beaucoup à votre sujet.

– Hum, hum.

– Vous avez besoin d'argent ? D'un endroit où dormir ?

– Non, tout va bien, merci.

Il a haussé les épaules d'un air peu convaincu.

– Vous avez l'air en bonne santé. Bien vêtu.

J'ai failli éclater de rire. C'était Rachel qui m'avait préparé des vêtements. Je ressemblais à un mannequin à la mode.

– Je m'en sors. Euh… Quand devez-vous me lire ce document, déjà ?

– Le jour de votre anniversaire.

– Ah oui. D'accord. Eh bien, au revoir.

CHAPITRE
6

Mon anniversaire. C'était quand, mon anniversaire ? Ce mois-ci ?

D'abord, quel mois on était ?

Je suis sorti de l'étude et je me suis dirigé vers l'épicerie. Ax et Marco m'ont ignoré avec soin. Ax avait le visage – son visage humain, bien sûr – barbouillé d'une substance dont j'espérais que ce soit du chocolat.

Je ne les ai même pas regardés. Je n'ai pas fait le plus petit signe de tête ou clin d'œil. Je ne devais surtout pas me trahir, au cas où je serais suivi.

Pour signifier « attention, danger », je devais m'approcher du stand de beignets. Si tout allait bien, je devais attraper une barre de chocolat, puis la reposer.

J'ai tripoté la barre de chocolat. Le type à la caisse m'a lancé :

– Alors, tu l'achètes ou quoi ?

Ax et Marco sont sortis. Je suis allé vers le coin des journaux. J'ai vérifié la date et le mois. C'était bien le mois de mon anniversaire. On était le 22.

Et mon anniversaire était le... 25 ! C'était ça. Enfin, je crois.

J'ai attendu qu'Ax et Marco s'éloignent, puis je suis sorti. J'ai cligné des yeux à cause du soleil et j'ai eu envie de battre des ailes.

Mon père ne serait donc pas mon père ? J'avais un « vrai » père quelque part ? Lui aussi mort ou disparu ?

Cela faisait beaucoup trop de coïncidences. Sans oublier cette cousine qui surgissait quelques jours avant que le testament de mon « père » me soit lu.

Beaucoup trop de coïncidences, décidément.

Je me suis mis en route. Je me dirigeais vers le parc le plus proche pour démorphoser à un endroit que nous avions repéré à l'avance.

A mi-chemin, j'ai entendu la parole mentale de Jake dans ma tête.

< Je crois que tu es suivi. Un grand type avec un costume. >

Je ne me suis pas demandé où se trouvait Jake. Quelque part dans le ciel. En train de voler en toute liberté.

Nous avions envisagé cette éventualité. J'ai jeté un coup d'œil au trottoir d'en face. Il y avait un fast-food. Je me suis dirigé vers le bâtiment.

J'ai traversé la rue au petit trot, comme si je me rendais tout à coup compte que je mourais de faim.

< Confirmé, il te suit >, a déclaré Jake.

Entrer dans le fast-food. Filer vers les toilettes des hommes avant que mon poursuivant me rattrape.

Brusque virage à gauche, dépasser les toilettes, se glisser dans la cuisine.

Les serveurs et les serveuses couraient partout en chahutant et en riant. Les cuisiniers étaient en plein travail. J'ai longé le lave-vaisselle en direction de la porte de derrière.

– Hé, si vous cherchez les toilettes, ce n'est pas par là, a lancé une voix au moment où je ressortais.

Je me suis mis à courir dans la rue bordée de petites maisons juste derrière le restaurant. J'ai descendu une allée, tourné à droite et repris la direction du parc.

Je n'étais pas trop inquiet. Le type pensait sans doute me suivre sans se faire remarquer. Il ne savait pas que j'avais un espion dans le ciel.

< Tu l'as semé >, m'a prévenu Jake.

J'ai trotté jusqu'au parc. Il y avait un abri avec des toilettes dont les murs n'allaient pas jusqu'au toit.

J'ai trouvé une cabine vide et je m'y suis glissé.

< C'est bon, Tobias >, m'a lancé Cassie.

J'ai démorphosé. Je suis redevenu un faucon. Et j'ai pris mon envol de la cabine en direction du ciel bleu, loin des humains.

C'est à cet instant que j'ai vraiment réalisé que quelqu'un s'inquiétait pour moi. Que j'avais une famille. Que quelqu'un voulait s'occuper de moi.

A moins, bien sûr, qu'on veuille en réalité me voler mes secrets.

Puis me tuer.

CHAPITRE
7

Normalement, j'aurais dû rejoindre les autres. C'est ce qui était prévu. Mais une fois dans le ciel, je n'en avais plus du tout envie.

Je ne voulais pas me retrouver au milieu d'eux et leur faire mon compte rendu. Je crois que je n'avais pas le courage d'affronter l'optimisme sans faille de Cassie et les sarcasmes de Marco.

Je refusais de décortiquer et d'analyser cette histoire. Je savais déjà comment ça allait se passer. Cassie me forcerait à tout lui décrire, chaque mot, chaque geste, chaque expression. Elle était très douée pour comprendre les motivations des autres. Elle voudrait obtenir le maximum d'informations sur DeGroot.

Marco était différent. Il m'écouterait à peine, puis

soulèverait l'un après l'autre tous les problèmes que posait mon histoire.

Rachel arpenterait la pièce d'un pas furieux, en cherchant désespérément un moyen de me protéger. De riposter. Jake écouterait avec calme, puis donnerait son avis.

Je ne voulais pas que mes amis réfléchissent à ma place. Je ne voulais pas qu'ils décident à ma place de ce que je ressentais. Je voulais penser par moi-même.

Cette histoire ne regardait que moi. C'était mon problème. Mon espoir. Mon choix.

J'ai volé de plus en plus haut sur de formidables courants thermiques qui semblaient me hisser sans effort jusqu'aux nuages.

J'ai aperçu un faucon un peu plus bas. Je savais que c'était Jake. J'ai également vu un busard : Cassie. Ils m'ont repéré. Jake aurait très bien pu me rejoindre, mais ils m'ont laissé partir. Je crois qu'ils ont compris que j'avais besoin d'être seul.

J'ai volé jusqu'à sentir un cumulus plat juste au-dessus de ma tête. Puis j'ai converti mon altitude en vitesse et j'ai pris la direction de la forêt. Je me rendais dans un endroit très retiré, totalement à l'écart de la civilisation.

Je n'y étais allé que deux fois : la première le jour où l'Ellimiste nous y avait conduits, la deuxième pour y écouter une histoire incroyable. Et ce jour-là, même en sachant où il se trouvait, même avec mon regard aiguisé de faucon et tous mes sens en alerte, j'ai eu du mal à le repérer.

Comme si l'endroit était ensorcelé. C'était d'ailleurs le cas. L'Ellimiste lui avait jeté un sort de façon à le rendre presque impossible à déceler pour un mortel. Votre regard glisse dessus. Vos plumes ne sentent pas le vent qui y souffle. Vos oreilles ne perçoivent aucun bruit.

C'était la vallée des Hork-Bajirs. Des Hork-Bajirs libres. Jéré Haimie et Ket Halpak, un couple de Hork-Bajirs, avaient réussi à échapper à la domination des Yirks. A quel point l'Ellimiste y avait contribué, ça… Il prétend qu'il ne se mêle jamais des affaires des autres espèces. Et c'est bien grâce à notre aide que Jéré et Ket s'étaient évadés et avaient évité de se faire reprendre par les Yirks. Et qu'ils avaient trouvé refuge dans cette vallée secrète.

Depuis, de nouveaux Hork-Bajirs les avaient rejoints. Certains s'étaient évadés, d'autres étaient nés en liberté.

C'est vers ce lieu secret que je me dirigeais. La vallée des Hork-Bajirs.

La dernière fois, ils ne s'attendaient pas à ma visite. Mais ce jour-là, dès que j'ai franchi l'étroite embouchure de la vallée, j'ai aperçu deux douzaines d'Hork-Bajirs qui guettaient mon arrivée, les yeux fixés sur le ciel.

Ils ont agité leurs membres en m'apercevant. J'ai cru reconnaître Jéré et Ket. Au centre du groupe se trouvait la jeune Toby. Toby pour Tobias. Ils l'avaient nommée ainsi en mon honneur. La fille de Jéré et de Ket. Toby était ce que les Hork-Bajirs appellent une seer. Les Hork-Bajirs ne sont pas les génies de la galaxie. On pourrait croire que ce sont de vraies machines de guerre sur pattes, mais les lames qui ornent leur corps de deux mètres dix servent en fait à découper l'écorce comestible des arbres.

Ce n'est pas dans ce dessein que les utilisent les Yirks. Les Hork-Bajirs ont été enrôlés dans les troupes de choc de l'Empire yirk.

Mais qu'ils soient redoutables ou gentils, les Hork-Bajirs n'ont jamais été des intellectuels. A l'exception de quelques rares anomalies génétiques appelées seer.

Il m'a suffi d'observer la petite troupe d'Hork-Bajirs impatients pour repérer Toby. Je l'ai identifiée sans même la connaître. Les autres avaient l'air aussi abrutis et niais que les Teletubbies. Toby possédait un regard si perçant qu'on avait envie de se protéger le cerveau.

– Tobias ! s'est exclamé Jéré Haimie d'un ton joyeux. Mon ami Tobias ! Ami.

< Salut Jéré, salut Ket. Bonjour, Toby. >

– Toby dire que toi venir, a expliqué Ket en hochant la tête d'un air satisfait. Toby dire : « Tobias va venir. »

– Oui, a renchéri Jéré. Toby dire : « Ami Tobias va venir. »

– Tu es là, a ajouté Ket.

Comme je l'ai dit, les Hork-Bajirs sont des êtres fidèles, gentils, doux et généreux, mais en aucun cas intelligents ou brillants. Si Marco devait passer une seule journée avec eux, il deviendrait fou et partirait en courant à la recherche du premier venu pour lui raconter une blague.

Je me suis posé sur une jolie branche à trente centimètres au-dessus de leurs étranges têtes couvertes de lames.

< Pourquoi m'attendiez-vous ? >

– Nous avons besoin de toi, Tobias, m'a répondu Toby.

J'ai soupiré en silence. Je n'avais pas envie d'entendre ce genre de choses. Je voulais être tranquille pour réfléchir.

Mais à l'instant où Toby a commencé ses explications, j'ai oublié tous mes problèmes.

– L'un de nos enfants, un jeune mâle du nom de Bek, a disparu. Il a quitté la vallée. Nous craignons qu'il ait été capturé par des humains ou par des humains-Contrôleurs. Qu'on lui ait fait du mal. Qu'on l'ait tué. Ou pire, qu'on l'ait transformé en Contrôleur.

CHAPITRE
8

Un jour où je me sentais triste, j'étais allé rendre visite aux Hork-Bajirs. Ils m'avaient remonté le moral. Ils pensent que je suis leur sauveur. Ils me prennent pour un héros ou je ne sais quoi. C'est dur de ne pas aller mieux dans ces conditions.

Mais de toute évidence, cette visite serait différente.

< Vous l'avez cherché dans toute la vallée ? > ai-je demandé.

— Oui, cherché, a répondu Jéré. Cherché, cherché, cherché.

— Crié Bek, Bek ! a ajouté un autre Hork-Bajir.

— Bek, Bek ! a confirmé Ket.

— Bek n'est plus dans la vallée, a déclaré Toby. J'ai... nous avons repéré des traces en direction de l'embouchure. Elles correspondent à celles d'un Hork-Bajir de son âge.

J'ai prononcé plusieurs mots que je ne peux répéter. Jéré Haimie m'a demandé ce qu'ils signifiaient.

< Cela n'a aucune importance >, ai-je répondu.

Je n'arrivais pas à y croire. Un enfant hork-bajir perdu ! En train d'errer seul dans les bois. Ou pire : en mauvaise compagnie.

< Depuis quand a-t-il disparu ? >

– Cela fait vingt-quatre heures, maintenant, a répondu la jeune seer.

< Il faut que j'en parle aux autres. Nous allons organiser une battue. Mais je n'ai guère d'espoir. >

Tout à coup, j'ai eu une idée.

< Vous pensez que Bek pourrait conduire des gens jusqu'ici ? Est-ce qu'il est capable de retrouver son chemin ? L'Ellimiste a jeté un sort sur cet endroit. >

Toby m'a répondu :

– Non, Bek ne sait pas comment revenir dans la vallée. Nous, si.

Je lui ai lancé un regard étonné.

< Que veux-tu dire par là ? Tu sors de la vallée ? >

– Oui, Tobias. Comment pourrions-nous libérer nos frères et nos sœurs, sinon ? (Elle a désigné le groupe avec ses bras.) Comment crois-tu que ces Hork-Bajirs ont été sauvés ?

< Je... je pensais que c'était grâce à l'Ellimiste. >

Toby a fait cet effrayant sourire de Hork-Bajir.

– Non, c'est grâce à nous. Nous sortons la nuit pour attaquer les endroits où les Hork-Bajirs sont gardés prisonniers.

< Le Bassin yirk ? > ai-je demandé d'un air incrédule.

Toby a baissé la tête.

– Tobias, nous te devons beaucoup, tu sais.

– Liberté, a déclaré Ket Halpak d'un air solennel. Hork-Bajirs libres. Tobias libérer Hork-Bajirs.

< Et alors ? > ai-je demandé d'un ton un peu sarcastique.

– Et alors... l'endroit où nous allons libérer les Hork-Bajirs est un chantier yirk secret. Loin d'où tu habites, près d'une ville d'hommes qui se trouve à l'autre bout de la vallée. Tobias... c'est très important pour nous de libérer nos frères et nos sœurs. Nous ne sommes pas nombreux, pour l'instant.

Nous devons rassembler nos forces. Pour combattre les Yirks. Et aussi...

Elle s'est tue.

< In-cro-ya-ble. Vous autres seers êtes vraiment particuliers, hein ? ai-je dit d'un ton amer. Vous anticipez déjà sur le jour où les Yirks seront vaincus, n'est-ce pas ? Car ce jour-là, il faudra que vous soyez nombreux pour éviter que les humains ne vous enferment dans un zoo. >

Toby avait l'air fière.

– Les Hork-Bajirs ont cru que les Andalites allaient les sauver des Yirks. Les Andalites ont échoué. Ils ne s'occupent que d'eux-mêmes. Nous devons suivre leur exemple. Nous avons confiance dans les humains qui s'appellent les Animorphs. Mais crois-tu que nous devons faire confiance à tous les hommes ?

Elle avait raison. Ce n'était pas difficile d'imaginer ce qui se passerait le jour où les Yirks seraient vaincus, et que ces Hork-Bajirs se retrouveraient seuls sur Terre. Les humains ne sont pas réputés pour leur tolérance envers les autres espèces. Avant que cette vallée devienne le repaire des Hork-Bajirs, elle était sans doute peuplée d'Indiens d'Amérique.

< Tu as peur de me révéler où se trouve ce site yirk, car tu crains que mes amis et moi ne l'attaquions ? >

– Oui.

< Tu penses que Bek est là-bas ? >

– Nous l'ignorons. Il a pu suivre les odeurs laissées par notre commando. (Elle n'avait pas l'air d'y croire.) C'est possible. Mais il n'est pas sorti du bon côté de la vallée pour s'y rendre.

< Tant mieux. Tu sais, je suis venu ici pour réfléchir. >

La seer a souri.

– Si tu me promets de ne pas détruire cet endroit, je te montrerai où il se trouve.

J'ai poussé un soupir.

< Il faut que je parle à Jake et aux autres. Il va vouloir attaquer ce site, c'est sûr. >

Toby a essayé de répondre quelque chose, mais je l'ai coupée.

< Tu as ma parole que nous ne ferons rien sans votre consentement. Je vais négocier ça avec Jake. Entre-temps, nous allons commencer nos recherches. Mais il faut que vous vous teniez prêts,

au cas où je reviendrais. Car, si je reviens, ça signi-fiera qu'on aura besoin de votre aide. >

Jéré s'est avancé. Toby était peut-être la plus intelligente, mais Jéré et Ket avaient fondé cette minuscule communauté. Jéré a tendu ses grosses et dangereuses griffes et a montré la paume de sa main. J'ai sauté dedans. Il m'a descendu à hauteur de son gros visage de lutin et a déclaré :

– Tobias demander à Hork-Bajirs. Hork-Bajirs donner. Toujours. Tout. Même la vie. Jéré Haimie jamais oublier.

Toby a hoché la tête.

Qu'auriez-vous fait à ma place ? Des gens comme ça, on ne peut que les aider.

CHAPITRE
9

C'était le matin. Dans la clairière.

Ma clairière.

J'ai repéré l'autre faucon. Il survolait la prairie en décrivant des cercles bas. Il surveillait le sol, il cherchait son petit déjeuner. Il m'avait vu.

Je le savais parce que, si les rôles avaient été inversés, je l'aurais vu, c'est sûr.

Il se demandait pourquoi… non, c'est faux. Il ne se demandait rien du tout. Lui, c'était un vrai faucon à queue rousse. Les faucons ne se demandent rien. Le pourquoi est purement humain. Seul l'*homo sapiens* se demande pourquoi. Sur la Terre, tout du moins. Les *buteo jamaicensis* – les faucons à queue rousse – ne se posent aucune question.

Il m'avait vu. Il savait que je représentais un

danger. Il m'a observé. Il s'attendait à ce que je l'attaque. Pour pouvoir riposter. Et si je ne l'attaquais pas, il me provoquerait. Ce serait une parodie de combat. Avec bluff et menaces, pour voir qui abandonnerait son territoire en premier. Mais cela pouvait aussi se terminer par une véritable bataille.

Je l'ai vu partir en piqué. Quelques secondes plus tard, il remontait, les serres vides. Il avait raté sa cible.

Il n'y avait pas assez de proies dans le champ. Pas assez pour deux. Il fallait que l'un de nous parte, sinon on allait tous les deux mourir de faim.

Depuis mon perchoir, j'ai vu l'herbe bouger. Un lapin sortait de son terrier. Tout le monde doit manger, même les lapins.

Mon adversaire était trop loin et trop mal placé pour le voir. J'ai déployé mes ailes et j'ai surgi de l'ombre. Cette fois, j'allais capturer un lapin. Cette fois, mes serres allaient se refermer sur de la chair tremblante et vivante.

Cette fois, le lapin allait mourir pour que je puisse vivre.

La mère était avec l'un de ses petits. La proie

idéale, juste à la bonne taille. Le lapereau se déplaçait lentement, sans se méfier, à la différence de la lapine, beaucoup plus rusée.

Ma trajectoire était parfaite. La mère ne pouvait pas me voir. J'ai ouvert mes serres et j'ai fondu sur eux. J'ai écarté mes ailes et déployé ma queue pour attraper le lapereau lors de son prochain bond.

« Maintenant ! Maintenant ! Vas-y, fonce ! »

< Ahhhh ! >

La vision est revenue. J'étais à nouveau le lapin, et non le faucon !

J'ai vu les serres ! Trop tard ! J'ai voulu fuir, mais la panique m'a figé sur place. Je tremblais de peur. Je voyais la mort surgir du ciel, et j'étais incapable de bouger.

< Nooooon ! ai-je crié. Nooooon ! >

Je me suis envolé à tire-d'aile. L'horrible vision s'est dissipée.

Le bébé lapin bondissait aux côtés de sa mère.

< Qu'est-ce qui m'arrive ? ai-je crié en direction du ciel vide. Qu'est-ce qui m'arrive ? >

CHAPITRE
10

– **E**xplique-moi un truc, a lancé Marco d'un ton furieux. Quand est-ce qu'on prend des vacances, nous, hein ? Je suis prêt à parier que Ben Hur qui ramait dans sa galère romaine avec un type pour le fouetter et un autre pour battre la mesure se fatiguait moins que nous !

C'était le lendemain, après l'école. Nous étions dans la grange de Cassie. J'étais perché dans la charpente, à ma place habituelle. De là, je pouvais surveiller la maison de Cassie et l'allée par la lucarne. J'entendais aussi tout ce qui se passait à l'extérieur. Si quelqu'un nous espionnait, je le saurais tout de suite.

– J'ai l'impression de vivre dans un jeu Nintendo, a continué Marco, ravi de son petit numéro. On avance dans un couloir sombre avec une armée d'ennemis à nos trousses. On a beau les tuer, il y en a toujours de nouveaux. Quand est-ce qu'on appuie sur stop ? Quand est-ce qu'on se fait un petit jeu bien tranquille ? Ou qu'on éteint la console, qu'on pose notre joystick et qu'on se contente de glandouiller ? Quand est-ce qu'on...

– Quand est-ce que tu te tais ? l'a coupé Rachel. Quand est-ce qu'on t'éteint, toi ? Tu parles comme si tu avais mieux à faire dans la vie. Avant qu'on devienne les Animorphs, tu passais tes journées à te demander quelle fille tu allais embêter.

Marco a souri aux anges.

– Alors que maintenant, je sais toujours quelle fille je vais embêter

Il a passé le bras autour de Rachel et posé sa tête sur son épaule.

Elle a ri en le repoussant.

Ça avait beau être un petit jeu entre eux, j'ai ressenti une pointe de jalousie. Il y a beaucoup de gestes humains qui me sont interdits. Par exemple, je ne peux pas serrer la main de quelqu'un, le prendre dans mes bras ou poser ma tête sur son épaule.

Comme prévu, Cassie m'a soumis à un interro-
gatoire en règle. Elle a écouté attentivement le récit
de mon entretien avec DeGroot. Marco a trouvé huit
bonnes raisons pour que ce soit une arnaque.

Puis je leur ai annoncé la nouvelle : un enfant
hork-bajir s'était perdu. C'est là que Marco a commencé à râler et à se plaindre.

— Très bien, a dit Jake. Il se passe beaucoup de
choses en ce moment, et nous n'avons pas droit à
l'erreur. Il faut qu'on découvre si DeGroot est un
humain normal ou un Contrôleur. Pareil pour Aria. Et
il faut aussi retrouver ce petit Hork-Bajir. Hier, il avait
disparu depuis vingt-quatre heures. Cela va donc
bientôt faire deux jours.

— Je suis inquiète à son sujet, a déclaré Cassie.

Jake a hoché la tête. Mais Marco a lancé :

— Attendez une minute. Si on réfléchissait à
ce qui a pu lui arriver ? Quelles sont les pistes
possibles ?

< N'importe quel humain va comprendre que
cet enfant hork-bajir est un extraterrestre >, a
avancé Ax.

— Pas obligatoirement, a répondu Cassie.

– La plupart des gens ne croient pas aux extra-terrestres, a expliqué Rachel.

Ax a hoché la tête, un geste qu'il avait appris au contact des humains.

< Par conséquent, que va penser un humain s'il aperçoit cette créature ? >

– Que c'est un monstre, a anticipé Cassie. Un enfant atteint d'une malformation congénitale. Ou gravement malade.

< Un humain normal risque de l'emmener à l'hôpital >, ai-je remarqué.

– Ou d'appeler les secours, a ajouté Cassie.

< Un humain un peu moins normal pourrait aussi lui tirer dessus, ai-je repris. Ou l'enfermer dans une cage et l'exhiber pour gagner de l'argent. >

Jake a hoché la tête pour signifier qu'il était d'accord avec cette analyse.

– En effet. Bon, Marco. Va voir sur Internet si tu trouves quelque chose. Ax ? Tu lui donnes un coup de main. Cassie et moi, on file à l'entrée de la vallée, on morphose en loup, et on voit si on peut retrouver la trace de Bek. Rachel, tu accompagnes Tobias. Tu essaies de découvrir si DeGroot et cette

Aria sont des Contrôleurs. Suivez-les. Surveillez-les. Combien de temps avons-nous avant ton anniversaire, Tobias ?

< Euh… Trois jours ? >

– On est le 23, aujourd'hui. C'est quand, ton anniversaire ?

< Le 25, je crois. A moins que ce soit le 26. >

Marco a ri, puis il a compris que je ne plaisantais pas.

< Je… je ne m'en souviens pas très bien. Je ne suis pas sûr. Mais je crois que c'est trois jours. >

J'ai ri d'une manière un peu fausse.

< Ne me demandez surtout pas mon âge de faucon. >

CHAPITRE
11

J'étais gêné de faire équipe avec Rachel. Elle m'avait vu manger la charogne écrasée par une voiture. Elle ne m'en a pas parlé, et j'étais presque sûr qu'elle ne le ferait pas. Rachel ne mâche pas ses mots, mais elle a du cœur.

Pourtant, je n'avais aucune envie de discuter les décisions de Jake. J'ai mes problèmes. Il a les siens. Je n'allais pas compliquer davantage la situation

De toute façon, que pouvais-je lui dire ? Que je voulais travailler avec Cassie, parce qu'elle ne savait pas que je mangeais des charognes ?

Rachel a choisi une animorphe d'aigle à tête blanche. Je l'avais souvent vue morphoser, mais cette fois-ci, j'étais fasciné. Hypnotisé, même.

Rachel est très belle. On voit qu'elle sera belle toute sa vie. Mais la beauté seule n'est rien. Ce qui fait que Rachel est Rachel, c'est ce qu'elle a en elle.

Et la regarder morphoser en aigle, c'était comme voir son âme jaillir de sa chair.

Des plumes sont apparues sur sa peau. Ses cheveux blonds ont formé le col blanc caractéristique de l'aigle. Ses bras ont rétréci, se sont élargis pour devenir des ailes.

Son visage, qui n'est pourtant pas vraiment doux ni aimable, est devenu sévère et intense. Ses yeux bleus ont pris une teinte brun doré et gagné ce fier éclat de rapace. Ses lèvres se sont transformées en un immense bec d'aigle.

Elle a rapetissé. Pourtant, elle était devenue l'un des plus grands oiseaux du monde.

La trouvais-je plus belle maintenant parce qu'elle s'était transformée en oiseau ? Non. Déjà, les aigles et les faucons ne se fréquentent pas. Et, de toute façon, elle avait morphosé en mâle.

Parfois, j'ai l'impression que ce corps lui va mieux que son corps humain. Sa véritable apparence induit les gens en erreur, car elle est trop proche des séduisantes images des magazines de mode. Ce corps d'aigle, c'était tout Rachel : rapide, fort, élégant, fonceur et dangereux.

< Prêt ? > a-t-elle demandé.

< Prêt. >

Elle a déployé ses ailes. Bien plus grandes que les miennes. Je suis fier d'être un faucon à queue rousse, mais on ne peut nier que l'œil humain est davantage attiré par un aigle à tête blanche. Quand les gens me voient, ils se demandent : « C'est quoi cet oiseau, un gros corbeau marron ? » Mais quand ils aperçoivent un aigle dans le ciel, avec son envergure de près de deux mètres, son bec jaune et sa tête blanche reconnaissable entre mille, ils savent qu'ils regardent un animal spécial.

J'ai lu un jour que Benjamin Franklin voulait choisir la dinde sauvage comme emblème officiel des États-Unis. Il faut croire qu'il n'avait jamais vu d'aigle à tête blanche.

Nous avons attrapé un courant thermique de fin de journée et l'avons laissé nous porter haut dans le ciel. Rachel était avantagée par son envergure, moi par mon expérience. Je la suivais donc sans trop de peine. Ce n'est pas pour me vanter, mais quand on ajoute l'intelligence humaine aux instincts d'un oiseau, on est vraiment fort. L'instinct ne suffit pas.

< Je ne l'ai pas dit à Jake, mais j'ai passé la matinée à surveiller DeGroot >, ai-je déclaré.

< Pourquoi lui ? Pourquoi pas cette Aria ? > m'a demandé Rachel.

< Lui, je le connais. C'était plus facile. Et... >

< Et quoi ? >

J'avais envie de lui expliquer que j'avais peur de voir Aria. Que ça me rendait nerveux.

< Rien. Essayons de la retrouver. Je sais où elle loge. Je connais le numéro de sa chambre. J'ai morphosé en humain pour téléphoner à l'hôtel. >

< Où as-tu trouvé une pièce de monnaie pour la communication ? >

< Avec mon regard perçant, ce n'est pas un problème. Les pièces brillent dans la lumière du soleil. Il suffit de survoler les rues commerçantes, et le tour est joué. >

Rachel a éclaté de rire, comme si c'était la chose la plus drôle au monde.

< Tu es le roi des missions impossibles >, a-t-elle déclaré.

< Pas toujours. Parfois, je me dégonfle. >

< Qu'est-ce que tu veux dire par là ? >

< Dérivons un peu plus vers l'ouest pour attraper la brise et soulager nos ailes >, ai-je dit pour changer de sujet.

< Tu ne veux pas en parler. Très bien, j'ai compris. >

Nous avons viré vers l'ouest. Tout à coup, j'ai senti le vent nous propulser. Voler, c'est comme faire de la voile. On peut aller contre le vent, mais c'est épuisant. On peut tirer un bord, c'est-à-dire voler contre le vent en changeant d'angle. Mais quand le vent va dans votre sens, on peut le chevaucher, et ça, c'est formidable.

< Rien de grave, ai-je fait sur un ton un peu détaché. Un problème d'oiseau, c'est tout. >

< Vas-y, explique-moi, a-t-elle ronchonné. Nous en avons pour dix à vingt minutes de vol, et j'ai oublié d'emporter un bon bouquin. >

< C'est rien. Juste un faucon qui essaie de s'installer sur mon territoire. >

Au moment où la phrase résonnait dans ma tête, je me suis senti bête. C'est comme ça que fonctionnait l'ancien Tobias : il dévoilait ses faiblesses aux autres. Il ne fallait pas s'étonner que je sois sans cesse humilié quand j'étais humain. On aurait dit que je suppliais les gens de se moquer de moi.

« Bravo, Tobias, me suis-je sermonné. Rachel va beaucoup aimer ton histoire de faucon qui n'arrive pas à se défendre. »

< C'est quoi, le problème, il est plus gros que toi ? >

Pourquoi avais-je été lui raconter ça ?

< N'y pense plus. C'est juste que je n'ai pas encore décidé le moment où j'allais lui clouer le bec. >

Ça, c'était vraisemblable.

< Voilà l'hôtel. On monte au vingt-troisième étage. Chambre 2306. Je crois qu'elle a vue sur toute la ville. >

CHAPITRE
12

Mon cœur battait encore plus vite que d'habitude. J'allais peut-être rencontrer une cousine qui voulait s'occuper de moi. Ou découvrir qu'il s'agissait d'un dangereux piège.

J'ai compté les vingt-trois étages. Nous avons contourné le bâtiment en direction de la façade qui donnait sur la ville. C'est très excitant de voler autour d'un grand immeuble. Être à l'extérieur d'un gratte-ciel permet à la partie humaine qui est en vous de prendre conscience de la distance avec le sol. Vous vous imaginez en humain, et votre terreur au moment où vous tombez et... comme j'ai dit, ça remue des choses en vous.

< J'ai du mal à voir à travers les vitres à cause de la réverbération >, me suis-je plaint.

< Ah oui ? Pas moi >, s'est étonnée Rachel.

< Les aigles à tête blanche se nourrissent de poisson, lui ai-je expliqué. Tes yeux sont habitués à voir dans l'eau, même quand il y a des reflets. Moi, je me contente des souris et des lapins. >

< Des lapins ? >

< On prend ce qu'on trouve. Et ne commence pas à me parler de Pierre Lapin, Roger Rabbit ou du lapin blanc d'Alice. Les lapins sont des proies, au même titre que les souris, voilà tout. >

< Je me disais juste que ça doit être meilleur que des souris. Les gens mangent du lapin. Ou du moins, ils en mangeaient autrefois. Dans les vieux westerns, ils tuent des lapins et ils les font cuire avec des haricots. >

< Exactement. C'est bien ce que je disais. Il n'y a aucun mal à manger du lapin. >

< Sauf s'il s'appelle Bugs Bunny. Hé, j'aperçois une dame dans la chambre. Par la fenêtre du fond. >

< Je vois très mal. >

< Tant mieux. Elle est en train de se changer. >

< Tu veux dire qu'elle change de vêtements ? Elle n'est pas en train de morphoser ? >

< Elle morphose d'un pantalon de jogging et d'un T-shirt à une robe. Une robe démodée qui date d'au moins trois ou quatre ans. >

< Elle était peut-être vraiment en Afrique. Si c'est bien Aria. >

< Ou alors, elle ne s'intéresse pas à la mode. Je vois aussi plein de matériel photo. Ça colle avec son métier. >

< Le soleil a tourné. Est-ce que je peux regarder maintenant ? >

< Tu as un petit côté voyeur, toi, non ? >

< Je ne suis pas un voyeur >, ai-je protesté.

Puis je me suis radouci.

< Je n'ai pas le droit d'utiliser mes pouvoirs à de mauvais desseins. >

Rachel a éclaté de rire.

< C'est bon, tu peux regarder, maintenant. >

J'ai effectué un virage, battu des ailes pour ne pas perdre de l'altitude, puis j'ai plané à une douzaine de mètres de la fenêtre.

Elle avait entre vingt-cinq et trente ans. Ses cheveux bruns étaient attachés en queue de cheval. Elle était de taille moyenne, mince et très bronzée.

< Tu lui trouves un air de famille ? > m'a demandé Rachel.

< Non. En fait, je ne sais pas. D'après DeGroot, j'ai un père dont j'ignorais même l'existence. Comment savoir si elle a un air de famille avec lui ? >

< Oui, comment savoir ? >

Je n'ai pas répondu. En réalité, je n'avais pas entendu sa question. J'étais plongé dans mes pensées, en train d'observer cette femme étrange qui voulait s'occuper de moi.

Pourquoi ?

Pourquoi quelqu'un s'intéressait-il à moi ? Elle ne me connaissait pas. Alors, pourquoi ? Pour une vague histoire de liens familiaux ? Peut-être. Je sais que, dans certaines familles, les gens sont comme ça. Ils se sentent proches de n'importe quelle personne ayant un lien biologique avec eux. Mais ce n'est pas le genre de ma famille. Pas des membres que j'avais rencontrés, en tout cas.

Ma mère a disparu et mon père est mort quand j'étais petit. Je me souviens à peine d'eux. J'ai des photos, bien sûr. Du moins, j'en avais à l'époque où j'étais humain. Maintenant, quand j'essaie de me les rappeler, je suis incapable de faire le tri entre mes souvenirs réels et ceux que j'ai inventés.

Parfois, je me demande si tout ça n'est pas une illusion, si j'ai vraiment eu un père et une mère. Je me dis que je n'ai jamais été humain.

Que je suis un monstre. Non, même ça, c'est impossible. La nature, aussi perverse soit-elle, ne pourrait concevoir une créature comme moi. Je suis un monstre de la technologie. De la technologie extraterrestre.

Je suis un oiseau avec un esprit humain. Ou un garçon avec un corps d'oiseau. Et la dame que je voyais par la fenêtre, qui s'était mise à zapper avec la télécommande avant de s'arrêter sur CNN, n'avait pas la moindre idée de qui j'étais.

Elle ne connaissait ni l'ancien Tobias ni le nouveau.

« Coucou, cousine Aria, tu as adopté un enfant qui est un faucon à queue rousse ! »

< J'ai dit, comment savoir ? > a répété Rachel.

< Hein ? On va la suivre. La surveiller. Guetter ses moindres mouvements. Si c'est un Contrôleur, elle devra aller au Bassin yirk dans les trois jours qui viennent. >

< On ne peut pas la surveiller en permanence. >

< En effet, ai-je reconnu. Mais peut-être qu'on va découvrir quelque chose. Regarde ! Elle répond au téléphone. >

< Elle est tout étonnée. Maintenant elle a l'air… très excitée. Elle sort de sa chambre ! >

Aria – si c'était bien Aria – a pris un sac en bandoulière avec ses appareils photo, s'est arrêtée devant le grand miroir, a arrangé ses cheveux et rectifié sa tenue.

< Ne t'en fais pas pour tes cheveux, occupe-toi plutôt de ta robe >, a lancé Rachel d'un ton moqueur.

J'ai ri. Mais, en même temps, j'avais un sentiment de gêne. Quelque chose clochait…

Aria a passé la porte de sa chambre et a disparu.

< On devrait rejoindre l'entrée de l'hôtel pour la voir sortir >, a déclaré Rachel.

< D'accord. Espérons juste qu'elle ne va pas prendre sa voiture ou un taxi. >

< Pourquoi ? >

< Tu as déjà essayé de voler aussi vite qu'une voiture ? >

CHAPITRE
13

< **O**h non ! Elle va prendre un taxi ! > ai-je crié en voyant le portier de l'hôtel faire signe à une voiture.

< Il y a des embouteillages. Ça va nous permettre de la suivre >, a répondu Rachel.

< Non, car on ne peut pas rester longtemps immobiles dans les airs. >

< Et qu'est-ce que tu proposes ? >

< Un plan complètement fou. Tu vois la voiture de police ? Celle qui va dans la même direction que le taxi. Tu vois le gyrophare sur le toit ? >

Rachel a éclaté de rire.

< Tu as raison, c'est complètement fou. On y va ! >

On est descendu en piqué. Mon plan était loin d'être parfait. Il présentait de nombreux dangers et attirerait l'attention sur nous quand on traverserait la ville.

Mais ça pouvait marcher.

Le gyrophare était fixé sur une barre soudée au toit. Il possédait une lampe rouge à chaque extrémité, distantes de cinquante centimètres.

Le taxi a pris un grand boulevard en direction de l'est. La voiture de police l'a suivi. A cause de la circulation, elle n'avançait qu'à trente kilomètres par heure. Mais les aigles et les faucons ne peuvent parcourir de longues distances en ligne droite. Nous avons besoin de virer et d'attraper les thermiques. Même à cette vitesse, le taxi pouvait nous semer.

Nous avons piqué, puis converti notre altitude en vitesse. J'étais légèrement en tête.

< Rachel, place-toi derrière moi, mais fais attention aux turbulences provoquées par mes ailes ! >

Elle m'a obéi. Nous sommes passés du vingt-troisième étage au niveau du sol en faisant une glissade qui n'aurait pas déplu à un pilote d'avion de chasse.

< Garde la même vitesse ! >

< On va plus vite qu'eux ! On va les dépasser ! > a crié Rachel.

< Tu ne vas pas m'apprendre à voler, quand même ! >

< Non, mon cher ! > a hurlé Rachel d'une voix hystérique, comme chaque fois qu'elle passe à un doigt d'une catastrophe.

< Ahhhh ! Ahhh ! >

La voiture de police se déplaçait horizontalement. Nous nous approchions à angle droit. Les deux lignes allaient se croiser… Maintenant !

< Écarte tes ailes ! >

J'ai projeté les miennes en avant, freiné, ouvert mes serres, et… oui ! Je me suis accroché à la barre.

Rachel n'a pas réussi à poser ses deux serres. Elle a replié ses ailes, mais le vent l'a projetée en arrière.

< Écarte tes ailes ! ai-je crié. Surfe sur l'air, ne cherche pas à lui résister ! >

Elle a réussi à comprendre ce que je bafouillais, posé son autre serre sur la barre, puis s'est mise en position de vol, les ailes bien écartées.

C'était parti ! Un faucon à queue rousse et un aigle à tête blanche qui se faisaient véhiculer par une voiture de police, toutes ailes déployées, le bec pointé en avant et les serres crispées pour résister à la pression du vent.

< Quel spectacle ça doit donner ! > s'est exclamée Rachel, qui se remettait doucement de ses frayeurs.

Derrière nous, les gens au volant de leur voiture étaient bouche bée. Ils ont failli se rentrer dedans. Mais les policiers, eux, ne voyaient rien.

< Quelqu'un va prévenir les flics >, me suis-je inquiété.

< Non, m'a rassuré Rachel. Aucun conducteur ne s'aviserait d'attirer l'attention de la police quand il est au volant. On peut faire confiance à la mauvaise conscience des gens. >

Ainsi lesté, le véhicule de patrouille a continué à descendre le boulevard. Il se trouvait à trois ou quatre voitures derrière le taxi. Nous avons parcouru trois kilomètres jusqu'à la sortie de la ville, où les buildings deviennent plus petits, plus vieux, plus sales. Nous approchions de l'aéroport. Un gros 747 a rugi au-dessus de nos têtes.

Et...

< Ahhhh ! >

Tout à coup, les lumières rouges des gyrophares se sont mises à tournoyer. La voiture a donné un brusque coup d'accélérateur. La résistance du vent a doublé. Je n'en pouvais plus. Puis la sirène a retenti.

Vous trouvez que les sirènes des voitures de police sont fortes ? Eh bien, imaginez-vous à vingt centimètres de la source du bruit, doté une ouïe bien plus fine que celle des hommmes. Ajoutez à ça les quatre réacteurs d'un jet qui passe juste au-dessus de votre tête.

< Ahhhh ! Ils ont reçu un appel ! >

La voiture de patrouille fonçait. En quelques secondes, elle avait dépassé le taxi. Non ! Un brusque virage à droite, et les deux véhicules ont pris des directions différentes.

On filait à quatre-vingts ou cent kilomètres par heure. Trop vite pour qu'on reste dans la même position. On a refermé nos ailes et on s'est blottis contre la barre. J'ai baissé la tête et resserré les plumes de ma queue.

On longeait toujours l'aéroport. Un autre jet, un

737 cette fois, s'apprêtait à décoller. Mais avant qu'il prenne de la vitesse, un autre engin a quitté la piste.

Un hélicoptère.

Il s'est élevé sur notre droite. Il allait dans la même direction que le taxi.

< J'ai une très mauvaise idée >, ai-je déclaré.

< Non ! >

< J'y vais ! > ai-je crié.

< Et moi, qu'est-ce que je fais ? > a protesté Rachel.

< Prépare-toi ! Tu donnes un petit coup d'ailes, et tu te sers de ta tête pour tourner ! >

< Quand ? >

< Maintenant ! >

J'ai lâché la barre, écarté les plumes de ma queue et je les ai légèrement redressées. Mes ailes ressemblaient à l'empennage d'une fusée.

D'ailleurs, je m'étais presque transformé en fusée.

Je me suis projeté dans les airs comme un missile couvert de plumes, j'ai pris un peu d'altitude, puis j'ai tourné grâce à un petit mouvement de tête.

Je me suis placé derrière l'hélicoptère, dans la bonne position, j'ai roulé sur le dos, ouvert mes serres, et…

< Ouh la laaaaa ! >

J'ai ressenti la secousse au moment où mes serres se refermaient autour des barres d'atterrissage. Rachel était juste derrière moi. Elle s'est retournée, a ouvert ses serres, mais elle ne s'était pas préparée au souffle des rotors.

Raté !

Elle a manqué sa cible. Il était trop tard pour qu'elle retente le coup.

< A plus tard ! > lui ai-je crié.

< A tout de suite, tu veux dire ! a-t-elle déclaré en riant. Regarde, le taxi s'est arrêté. >

J'avais tenté un coup périlleux pour rien. Pour rien du tout.

< C'était quand même beau à voir >, m'a consolé Rachel.

Elle riait encore quand j'ai lâché l'hélicoptère et que je me suis laissé planer, tout gêné, en direction du champ en friche près duquel le taxi déposait Aria.

CHAPITRE
14

Il m'a fallu un moment pour comprendre où nous étions. Le bâtiment était minable. Mais la plupart des constructions sont laides vu des airs. On ne voit que le toit et les appareils de climatisation.

L'édifice était de plain-pied, mais il possédait une fausse façade qui le faisait apparaître bien plus grand aux personnes qui s'en approchaient depuis le sol. Un parking en terre battue s'étendait devant. Quelques voitures y étaient garées. Derrière se trouvait un bassin rempli d'eau sale entouré d'une vieille barrière en bois.

Deux alligators prenaient le soleil sur les berges boueuses.

A la gauche du bâtiment se trouvait un magasin d'alcool. Sur sa droite, il y avait un mini golf à thème qui semblait faire partie du complexe. Un bateau pirate en plâtre trônait au milieu du terrain.

< C'est encore l'un de ces horribles zoos minables, a grogné Rachel, qui était descendue assez bas pour lire le nom des deux attractions. Ça s'appelle : Le Safari de Frank et le Golf putt-putt. >

< Ce n'est pas trop dur à retenir, comme nom >, ai-je remarqué.

< Heureusement que Cassie n'est pas là. Elle n'aime pas ce genre d'endroit. Je dirais même plus, elle les déteste. Elle nous obligerait à libérer tous les animaux. >

< Peut-être que c'est pour ça qu'Aria est venue, ai-je suggéré. C'est une photographe animalière, après tout. Elle aussi, elle doit détester ce genre d'endroit. >

< Peut-être >, a répondu Rachel d'un air peu convaincu.

J'ai viré sur une aile et plongé pour aller jeter un œil au panneau publicitaire installé le long de la route. Il était composé de grosses lettres en plastique.

Sur la pancarte était écrit .

NOUVEAU !

VENEZ VOIR LE MONSTRE NAIN !

LE RASOIR VIVANT !

< Attention, ça va chauffer >, ai-je prévenu.

< Qu'est-ce qu'on va devoir faire encore ? Prendre un hélicoptère en plein vol ? a demandé Rachel en riant. Au fait, ça n'a peut-être servi à rien, mais qu'est-ce que c'était bien ! >

< Le rasoir vivant, ai-je lu à voix haute. Le monstre nain. >

< C'est quoi, un rasoir vivant ? > a demandé Rachel.

< Je ne sais pas, mais j'ai un mauvais pressentiment. Je crois qu'on va devoir aller faire un tour là-dedans. >

< On pourrait démorphoser en humains et y entrer comme deux enfants normaux. Mais il nous faudrait de l'argent pour les billets. >

Démorphoser en humains ? Ce n'était pas tout à fait exact. Moi, je morphosais en humain. Je ne l'ai pas fait remarquer à Rachel.

< L'entrée coûte deux dollars >, ai-je prévenu.

< Je devrais apprendre à morphoser en carte de crédit. >

< On pourrait se transformer en cafards, ai-je suggéré. Je ne pense pas qu'on remarque deux cafards dans ce genre d'endroit. Ou en mouches. >

< Je déteste les animorphes d'insecte. Attends une seconde... >

< Oh oh, j'ai l'impression que Rachel va avoir l'une de ses bonnes idées. >

< Tu m'as obligée à embarquer sur le toit d'une voiture de police, puis à attraper un hélicoptère en plein vol, et tu oses critiquer mes idées ? >

< C'est bon, je n'ai rien dit. >

< Je me disais juste que l'entrée est surveillée par un vieil homme. Et d'après ce que je vois, ses cheveux ne sont pas tous des vrais. >

< Quoi ? >

< Va au bateau pirate. On démorphosera là-bas. Je t'y retrouve. >

Rachel est partie en piqué en direction du vieil homme assis sur un tabouret devant Le Safari de Frank. Serres écartées, elle s'est emparée de sa perruque en plein vol.

– Hé ! a-t-il crié. Mes cheveux !

Le gros aigle à tête blanche a filé au ras du sol, emportant ce qui ressemblait à un rat musqué mort, mais qui n'était autre que les cheveux du gardien. L'homme s'est lancé à sa poursuite. Je me suis dirigé vers le gros bateau pirate en plâtre. Rachel m'a rejoint en quelques coups d'ailes. Elle riait encore en démorphosant.

< Qu'est-ce que tu as fait de la perruque du bonhomme ? >

< Disons que l'un des alligators a un tout nouveau look et que notre ami aimerait bien récupérer ses cheveux. >

Nous avons démorphosé à l'intérieur du faux navire plein de poussière et de toiles d'araignée, puis nous avons franchi la minuscule porte. Personne ne nous a arrêtés. Et personne ne nous a vus franchir avec un grand sourire l'entrée du Safari de Frank.

CHAPITRE
15

L'intérieur du bâtiment était bien comme je le pensais. C'était un endroit sinistre, avec des animaux malheureux, mal soignés et enfermés dans des cages dix fois trop petites pour eux. Le peu de lumière était absorbé par les murs recouverts de tissu noir.

Un renard galeux tournait en rond. Deux lynx dormaient l'un contre l'autre dans une cage qui aurait été trop exiguë pour un chien. Il y avait aussi un vieux chat-huant, un jeune cerf et deux moutons. Un poney shetland sellé attendait dans un enclos circulaire. Il était blessé à hauteur de la sangle. Un panneau indiquait : « Tour de poney : 2 $ 50 ».

Une petite femelle ours brun était enfermée dans une cage tellement basse qu'elle ne pouvait même pas se redresser

Rachel m'a glissé à l'oreille :

– Je ne voulais pas parler de cet endroit à Cassie, mais tu sais quoi ? Il faut qu'on lui en parle. Elle va convaincre Jake de détruire cet horrible zoo. Qu'est-ce que les gens s'imaginent ? Je veux dire, je ne suis pas du genre ne-mangez-pas-de-viande-donnez-le-droit-de-vote-aux-animaux, mais ça, c'est vraiment impardonnable. Puisqu'ils traitent aussi mal les ours, je vais leur en présenter un vrai, moi ! On va voir si Frank peut enfermer mon grizzly dans une cage de cette taille ! C'est moi qui vais le mettre en cage, oui !

J'ai souri avec mes lèvres humaines. Je savais que Rachel ne mentait pas. Si Jake ne trouvait pas un moyen de l'arrêter, Frank allait bientôt recevoir la visite d'un énorme grizzly de plus de deux mètres, plein de poils et très en colère.

Nous nous sommes avancés dans un couloir sombre qui menait à une salle plus petite. Aria s'y trouvait en compagnie d'un homme. J'ai aussitôt reculé, mais j'ai tout de même eu le temps d'apercevoir le troisième occupant de la salle.

Dans une cage en position verticale, avec deux spots braqués sur lui, se trouvait un jeune Hork-Bajir.

Il ne faisait que un mètre de haut. Selon les critères des Hork-Bajirs, c'était presque un nouveau-né. Ses lames étaient très aiguisées, comme les dents des bébés, mais petites et moins rigides que celles des adultes. Sa queue était courte, à peine formée. Ses lames de devant ressortaient à peine. Ses mains en forme de pinces s'accrochaient aux barreaux de la cage. Il lançait des regards désespérés à Aria.

— Regarde ça ! s'est exclamée Rachel.

— J'ai vu.

Nous nous sommes cachés, même si Aria et l'homme n'avaient pas remarqué notre présence.

— Écoutez ma petite dame, c'est comme ça. Si vous voulez prendre des photos, c'est plus cher.

— Monsieur Hallowell…

— Appelez-moi Frank.

— Très bien, Frank. Je suis une photographe professionnelle. Je vous donnerai plusieurs clichés en guise de paiement.

L'homme a fait un sourire ironique.

— Si j'ai besoin de photos, je prendrai des Polaroïd. Ce petit monstre va me rapporter beaucoup d'argent. J'ai déjà contacté un journal. Ils m'envoient un gars.

S'il juge que c'est un bon sujet, ils me donneront un millier de dollars.

Aria a hésité.

– Et il va diffuser des photos à grande échelle ? Les publier ?

L'homme l'a regardée comme si elle était folle.

– Qu'est-ce que vous voulez qu'il fasse d'autre ?

Aria a lentement hoché la tête.

– Oui, bien sûr.

Elle a tourné la tête vers le bébé hork-bajir et a répété d'un air pensif :

– Oui, bien sûr.

– Permettez-moi de vous demander, vous qui êtes un grand photographe animalier et tout ça : c'est quoi ce machin ?

– Vous ne savez pas ?

Frank a secoué la tête.

– Un type est arrivé avec ce truc ligoté à l'arrière de son camion. Il m'a dit qu'il l'avait trouvé près de l'autoroute. Il m'a demandé combien je lui en donnais. Je lui ai proposé cinquante dollars.

– Vous avez fait une bonne affaire, a déclaré Aria. Je suis sûre qu'il vaut beaucoup plus.

– Ce que j'aimerais savoir maintenant, c'est comment s'appelle ce monstre.

Aria a haussé les épaules.

– Je ne sais pas. C'est la première fois que j'en vois. Mais vous ne devriez pas appeler ça un monstre.

– Pourquoi, ce n'est pas politiquement correct ? a demandé Frank d'un air ironique.

– Ce n'est pas la question, a repris Aria. Mais je n'ai jamais vu d'animal comme celui-là. Il ne ressemble à aucune bête que je connais. (Elle a souri.) Vous prétendriez que c'est un extraterrestre, personne ne pourrait vous contredire.

– Un extraterrestre ? Hé, ce n'est pas une mauvaise idée. Dans le coin, il y a beaucoup de gens qui croient aux soucoupes volantes et à tous ces bidules.

– En effet. A propos, vous pourriez faire preuve d'un peu plus d'humanité envers vos animaux. Ils ont besoin de cages plus grandes, de davantage de lumière et d'air. C'est le minimum.

– Je vais y réfléchir, a répondu Frank d'un ton qui sous-entendait qu'il n'en ferait rien.

Aria a fait demi-tour. Elle est passée tout près de nous. J'ai tourné la tête pour qu'elle ne puisse pas me reconnaître par la suite. Nous l'avons suivie en gardant nos distances et en faisant semblant d'admirer les animaux. Aria est ressortie dans la lumière du soleil, puis a regardé tout autour d'elle.

Quelques secondes plus tard, une limousine noire surgissait sur le parking en terre battue en faisant crisser ses pneus et en soulevant un grand nuage de poussière.

La voiture s'est arrêtée, et un chauffeur en est sorti précipitamment pour ouvrir la portière à Aria.

Je l'ai regardée s'installer sur le siège. L'espace d'un instant, la portière est restée ouverte, et j'ai pu la voir aussi bien que l'œil humain le permet.

Elle tournait la tête dans notre direction, mais elle ne pouvait pas nous voir. Elle était en plein soleil, et nous dans l'ombre.

Aria examinait d'un air pensif le panneau du zoo de Frank. L'espace d'un instant, un vague sourire s'est formé sur ses lèvres.

– Qui es-tu ? ai-je murmuré.

Le chauffeur a refermé la portière.

CHAPITRE
16

Le soir, à la grange, il ne nous a pas fallu longtemps pour décider de sauver le bébé hork-bajir.

– Nous devons le libérer, a déclaré Jake.

– Et si c'était une mise en scène ? a fait remarquer Marco. Cette Aria pourrait très bien être un
Contrôleur. Et si on tombait dans un piège ?

J'ai failli lui demander si un Contrôleur se soucie-
rait des conditions de détention des animaux dans
un zoo minable, mais je me suis abstenu. Je parle
de moins en moins. J'ai de plus en plus souvent l'impression que les paroles sont vaines. La seule
chose qui compte, c'est l'action

Jake a approuvé.

– Nous devons faire comme s'il s'agissait d'un
piège. Nous allons répartir nos forces. Le groupe A

entre dans le bâtiment, le groupe B reste dehors, prêt à intervenir.

Marco a fait un petit sourire à Rachel en disant :

– Un vrai général, notre ami.

Jake a souri et donné un coup de poing dans l'épaule de Marco.

Puis est venu le moment le plus étrange de la vie des Animorphs. Jake, Rachel, Cassie et Marco se sont installés dans le foin, ont ouvert leurs sacs à dos et en ont sorti leurs cahiers et leurs livres.

Les devoirs. Quand on est un véritable adolescent humain, il n'y a pas moyen d'y échapper.

Ax regardait le manuel de sciences de Cassie par-dessus son épaule.

< Ce n'est pas vrai, marmonna-t-il. La gravité ne fonctionne pas toujours de cette manière. >

Confortablement installé dans la charpente, je surveillais le travail de Jake. Je lis dès que j'en ai l'occasion. Parfois, je vais au parc ou à la plage, je trouve un agréable courant ascendant ou une petite brise pour planer à quinze ou vingt mètres du sol, et je lis par-dessus l'épaule de quelqu'un. J'ai commencé beaucoup de romans de Stephen King, Mary

Higgins Clark et Patricia Cornwell, mais je n'ai malheureusement jamais pu les terminer. Parfois, j'arrive tout de même à lire plusieurs pages, voire un chapitre entier.

Cette fois, j'étais penché sur l'épaule de Jake. Quand j'en ai eu assez, je suis allé jeter un coup d'œil aux devoirs de Rachel.

Puis ça a été l'heure de partir.

< Pour comprendre les lois du mouvement appliquées à un niveau quantique, et la manière dont elles sont en relation à la fois avec la gravité et ce que les Andalites appellent la septième force... >

Cassie a ri et posé la main sur le bras d'Ax.

– Ax, ça doit être dur, parfois, de n'avoir personne de ton niveau pour discuter.

Il a pris un air déconcerté.

< Je... non, ce n'est pas ça >, a-t-il répondu d'un air peu convaincu.

– Bon, pas de problèmes avec les parents ? a demandé Jake.

– Aucun, tous nos mensonges tiennent la route, a dit Cassie en secouant tristement la tête. On dort tous les uns chez les autres. Comme d'habitude.

– Ça ne sera pas long, a déclaré Rachel.

Ils ont morphosé en différents oiseaux, puis nous sommes partis en direction du Safari de Frank. La pancarte avait changé. Elle déclarait maintenant que Frank possédait le premier extraterrestre jamais vu sur terre. Et ça marchait. Il y avait plusieurs douzaines de voitures sur le parking.

Je faisais partie du groupe A avec Rachel, car nous connaissions tous les deux l'endroit. Jake nous accompagnait. Cassie, Ax et Marco se tenaient prêts à intervenir en cas de problème.

On s'est posés devant le bassin des alligators pour démorphoser. Le jour baissait, mais il ne faisait pas encore nuit. Le soleil rougeoyait à l'horizon. La lune n'avait pas fait son apparition, même si le ciel se remplissait déjà d'étoiles.

J'ai attendu que les autres finissent de démorphoser. Moi, j'allais prendre une animorphe que je n'avais essayée qu'une fois : celle d'un Hork-Bajir.

Normalement, je n'utilise jamais cette animorphe. Les Hork-Bajirs sont des êtres doués de raison. Or nous nous interdisons de morphoser en humains ou en autres espèces douées de raison et libres. Nous ne sommes pas les Yirks. Nous refusons d'utiliser l'ADN des êtres libres.

Mais c'était un cas particulier. Il fallait que Bek, l'enfant hork-bajir, nous suive de son plein gré. Et je savais que Ket Halpak, dont l'ADN était à la base de mon animorphe, n'y verrait aucune objection.

— Très bien, a chuchoté Jake. On répète notre plan. J'entre et je coupe le disjoncteur. Rachel morphose. Dès que les lumières sont éteintes, elle casse le mur du fond. Tobias ? Tu te caches dans le noir et tu attends que Rachel te donne le feu vert. Puis tu files libérer Bek, et tu ressors avec lui le plus vite possible. Cassie se tiendra prête à prendre le relais. Nous le conduirons à cinq cents mètres de la route, près du champ de maïs. C'est clair ?

Rachel m'a fait un clin d'œil.

— Tu sais, Marco a raison. Il se prend vraiment pour un général, maintenant.

— Oh, ça va, a protesté mollement Jake.

Jake a contourné la barrière qui entourait le bassin des alligators.

— Qu'est-ce qu'a dit Jake, déjà ? Qu'il fallait

abattre un mur, ou plusieurs murs ? a demandé Rachel d'un air faussement innocent.

< Tu le sais très bien. Il ne t'a pas ordonné de tout casser pour la simple raison que Frank est un salaud qui maltraite les animaux, ai-je dit d'un ton sévère. D'un autre côté, il fait noir. Tu pourrais te perdre… >

Rachel est partie d'un rire hystérique, ce qui montrait qu'elle s'en sentait capable.

– On ne sait jamais, en effet.

Elle a commencé à morphoser en éléphant. J'ai dit un peu plus tôt combien je trouvais beau de la voir se transformer en aigle. Mais en éléphant, ce n'est pas du tout pareil. C'est horrible.

Déjà, il y a la manière dont elle grossit. Des masses de chair jaillissent de ses cuisses, de son ventre et de sa tête. C'est étrange de voir un amas de chair de la taille d'un réfrigérateur surgir de la tempe de quelqu'un.

Elle a grossi, grandi et épaissi jusqu'à passer de la taille d'une fille normale à celle d'un monstre informe. Ses jambes se sont transformées en piliers, suivies de ses bras. Ses pattes d'éléphant se sont enfoncées dans la terre humide.

Elle me souriait au moment où ses dents blanches ont paru se réunir puis pointer vers moi. Elles se sont incurvées en une paire de défenses.

Son nez s'est mis à pendre, comme s'il fondait, puis il a commencé à épaissir, à noircir et à grandir. A ce moment-là, ses oreilles, aussi larges qu'un drap de bain, étaient déjà formées.

La dernière partie de Rachel à disparaître a été ses cheveux. Pendant plusieurs secondes, on aurait dit que l'éléphant portait une perruque blonde.

Moi aussi, j'avais commencé à morphoser.

C'est bizarre de morphoser. Je veux dire, quel que soit l'animal que vous allez devenir, c'est un cauchemar. Imaginez que votre propre chair se tord, fond, rétrécit ou se racornit. Imaginez que vos organes internes se remplissent d'eau ou s'aplatissent. Imaginez-vous tout à coup doté d'éléments d'un corps dont vous ignorez tout, mais avec un cerveau qui sait comment les utiliser.

La morphose est un spectacle monstrueux. Mais c'est encore plus étrange de morphoser en une créature non terrestre. D'après Ax, l'ADN est une chose très répandue dans la galaxie. Les mêmes hélices d'atomes sont à la base de toutes les formes de vie sur terre, et de presque toutes les autres dans l'univers.

Mis à part ça, il n'y a pas beaucoup de points communs entre un corps d'extraterrestre et celui d'une créature terrestre. La vraie vie, ce n'est pas comme dans *Star Trek*. Les extraterrestres ne sont pas des humains avec de drôles d'oreilles, un nez en plastique et un déguisement.

Il n'y a absolument rien d'humain dans un Hork-Bajir. Mais, ce qui est bizarre, c'est qu'il y a quelques points communs entre un faucon et un Hork-Bajir.

Leurs pieds en forme de serres sont assez semblables. Leur bec est presque le même. Et... euh, en fait, ce sont à peu près les seuls points communs.

Les Hork-Bajirs sont immenses. Ils mesurent deux mètres dix de haut. Là où mes os sont creux et légers, les leurs sont épais et aussi denses que l'acier. Là où mes organes sont conçus pour digérer de la viande crue – processus somme toute assez simple – les leurs sont beaucoup plus complexes afin qu'ils puissent ingérer l'écorce des arbres.

Et si je possède quelques armes naturelles

– mon bec et mes serres – les Hork-Bajirs sont de véritables hachoirs ambulants. Les pinces qui leur permettent de grimper aux grands arbres de leur planète, les lames de leurs poignets, de leurs coudes et de leur front, qui servent à découper l'écorce, peuvent devenir des armes redoutables.

Mais les Hork-Bajirs ne les avaient jamais utilisées de cette manière jusqu'à ce que les Yirks et les Andalites étendent cette guerre jusqu'à leur planète.

J'ai grandi. Grandi jusqu'à pouvoir regarder Rachel presque dans les yeux.

Mes serres se sont transformées en pattes de tyrannosaure. Des dents ont poussé dans ma bouche : des incisives tranchantes pour sectionner l'écorce, et des molaires en dents de scie pour la broyer.

Mes ailes ont perdu leurs plumes et se sont allongées. Des mains ont poussé à leur extrémité. Des muscles se sont développés sur tout mon corps, puis des lames ont surgi de mes os.

< On forme un beau couple, a dit Rachel. Tu m'invites à danser ? >

J'ai entendu du bruit. Des moteurs de voiture

rugir, des pneus crisser. Des portières claquer. Plusieurs portières. Beaucoup de portières. J'ai jeté un
coup d'œil au parking mais, d'où je me trouvais, je
ne voyais presque rien.

A cet instant, les lumières du Safari de Frank se
sont éteintes.

< C'est le moment de faire notre apparition ! >
a annoncé Rachel avec son rire hystérique.

CHAPITRE
17

Quand les lumières se sont éteintes, je me suis rendu compte que les Hork-Bajirs n'y voient pas grand-chose dans le noir. Ni les éléphants, d'ailleurs. Mais les éléphants s'en moquent, puisqu'ils peuvent pratiquement tout écraser sur leur passage.

– Iiiiiiihhhh ! a barri Rachel en s'éloignant du bassin pour rejoindre le bâtiment.

J'étais ébahi par la vitesse à laquelle elle se déplaçait. Je pouvais à peine la suivre.

J'ai entendu des voix furieuses s'élever dans le bâtiment.

– Hé, rallumez la lumière !

– J'exige d'être remboursé !

Nous nous sommes précipités en direction du mur le plus proche. Rachel a réussi à s'arrêter et a appuyé la partie plate de sa tête contre la cloison. Puis elle a pressé de tout son poids. Nous avons entendu un craquement.

< Hé, hé, a-t-elle claironné. C'est du bois. Cet imbécile ne sait pas que les maisons doivent être construites en briques ? Sors, petit cochon ! Sinon, je vais souffler, et ta maison va s'écrouler comme un château de cartes ! >

Elle a pris de l'élan et elle s'est jetée en avant pour faire passer sa tête.

Vlan ! Craaaaac !

< Les gens se sont écartés. On peut y aller, maintenant ! > a-t-elle lancé.

Elle a fait trois pas d'éléphant et a pressé de tout son poids contre la maigre cloison en bois.

Vlan ! Craaaac ! Boum !

Patatras ! Le mur est tombé.

Les gens criaient encore plus fort.

Rachel s'est mise à piétiner avec joie les lambris et les planches en contreplaqué. Elle barrissait comme une folle en balançant sa grosse trompe d'avant en arrière. Elle était ravie.

< Tout le monde dehors ! a-t-elle crié en parole

mentale. Il y a un éléphant enragé ! Un éléphant fou en liberté ! Ce n'est pas Godzilla, c'est Dumbozilla ! >

Dans la panique générale, les gens ne se rappelleraient pas qu'ils n'avaient pas véritablement entendu quelqu'un leur crier cet avertissement.

J'ai suivi Rachel. Les coups de trompe qu'elle donnait faisaient trembler le plafond bas.

Je me suis mis à la recherche du petit Hork-Bajir. Je l'ai aperçu dans sa cage. Mais il n'était pas seul.

Près de la cage se trouvaient trois hommes. Deux d'entre eux avaient des revolvers. Le troisième pointait une arme que je ne connaissais que trop bien : un lance-rayons Dracon yirk.

Les trois humains-Contrôleurs m'ont regardé avec un air éberlué. Pas comme des vrais humains qui auraient vu un Hork-Bajir pour la première fois. Comme des gens habitués à voir des Hork-Bajirs, mais pas dans ces circonstances.

< Euh, Rachel >, ai-je dit.

< Quoi ? Désolée, je suis perdue, je suis obligée de tout casser pour retrouver mon chemin. >

< Garde tes explications pour Jake. Nous avons de la compagnie >, ai-je annoncé.

– Qui êtes-vous ? a demandé l'un des hommes. Vysserk Trois ne nous a pas prévenus que… Attendez ! C'est l'un des Hork-Bajirs rebelles ! L'un des fugitifs !

Bek m'a lancé un regard implorant. Les Contrôleurs ont braqué leurs armes sur moi. L'un d'eux s'est mis à hurler dans une montre qui devait également être un engin de transmission.

Tout s'est passé très vite. Ils étaient là pour s'emparer du bébé hork-bajir. Nous aussi. A cette différence près qu'eux, ils pouvaient le ramener mort ou vif.

CHAPITRE

18

— **U**n Hork-Bajir rebelle ! a répété l'un des humains-Contrôleurs. Il faut le capturer ! Cela fera plaisir à Vysserk Trois ! (Il a levé son lance-rayons Dracon à ma hauteur.) C'est à toi de décider si tu veux te battre ou te rendre, Hork-Bajir !

Bek se trouvait entre eux et moi. Si jamais j'attaquais...

Heureusement, je n'étais pas seul.

Je n'ai vu le loup qu'au moment où il s'est jeté sur le Contrôleur. Ses grandes mâchoires se sont refermées sur la main qui tenait l'arme.

— Aïïïïïïïïïïïe ! a crié l'homme.

< Cassie ? Bravo pour l'intervention ! >

< Oui, mais ne reste pas ici ! Il y en a d'autres qui arrivent ! Ils sont nombreux ! >

Je n'ai pas hésité une seconde. J'ai bondi vers la cage de Bek et j'ai atterri, mes pieds pointus en avant, sur l'un des hommes. Les Hork-Bajirs ne sont peut-être pas des génies, mais ils sont rapides.

Ma victime s'est effondrée en hurlant et en se débattant.

Bang ! Le revolver était si proche que le bruit m'a fait plus mal que la balle, qui a creusé un petit trou aux contours bien nets dans la lame de mon coude gauche.

J'ai frappé sans réfléchir. L'arme est tombée par terre. Le Contrôleur aurait maintenant du mal à compter jusqu'à dix avec ses doigts.

Cassie et moi avions provisoirement l'avantage. Je me suis attaqué au verrou de la cage avec mes doigts maladroits. Puis une créature massive, noire et poilue m'a repoussé.

< Laisse faire le gorille, a déclaré Marco. Tu vois, c'est une opération qui exige de la délicatesse, de la patience et de la subtilité. >

Il a attrapé la cage, a glissé ses doigts aussi gros que des saucisses entre les barreaux et…

Grrrrrrrrrrrrrrr !

111

Il a ouvert la cage comme un paquet de chips.

< Viens avec moi, Bek >, ai-je dit au bébé hork-bajir terrifié.

< Ket Halpak ? >

< Euh… oui. Viens. >

Il m'a pris par la main. C'est à ce moment-là que la bataille a éclaté.

Bang ! Bang ! Bang !

Tsiii ! Tsiii !

Une lumière aveuglante a jailli du canon des revolvers. Les lance-rayons Dracon ont projeté des éclairs. Les explosions faisaient trembler la salle.

Un éléphant est alors apparu. L'instant suivant, j'ai eu la vision de visages furieux et effrayés.

J'ai eu l'impression de recevoir un coup de poing dans le ventre. Je ne comprenais plus rien. Serait-ce Bek qui m'avait frappé ? Non. J'avais été touché par une balle ! J'ai vu le trou. J'ai vu le sang.

— Iiiiiiiiih ! a barri Rachel.

D'autres créatures se sont jointes à nous. Le lynx avait été libéré. Un tigre rugissait en bondissant partout. Un gorille balançait ses poings aussi gros que des boîtes de conserve.

Un Andalite maniait sa queue comme un fouet, avec une précision parfaite.

La bataille faisait rage. Les balles fusaient de toutes parts. Les lance-rayons Dracon creusaient des trous dans les cages et les murs. Des flammes et de la fumée envahissaient la pièce.

J'ai attrapé Bek par la main et j'ai cherché un moyen de m'enfuir. Mais la salle était plongée dans le noir, à l'exception des lueurs qui s'échappaient du canon des armes à feu. Le plafond s'écroulait par endroits. Les murs étaient défoncés. Il y avait des cages partout. Les animaux hurlaient. Des humains criaient. La douleur a brusquement surgi en moi. A retardement, mais très brutalement. Je me suis plié en deux sans lâcher la main de Bek. Il tirait dessus, complètement affolé.

La bataille s'organisait. Nos adversaires contrô- laient l'avant du bâtiment. Des renforts les avaient rejoints. D'autres traversaient le bassin des alliga- tors pour nous barrer le chemin. Rachel démorpho- sait, car son éléphant n'était plus une animorphe très adaptée à la situation. Dès qu'elle a retrouvé sa forme humaine, elle a disparu dans l'obscurité.

Les Contrôleurs, qui devaient maintenant être une bonne douzaine, s'étaient mis à l'abri. Ils tiraient au hasard en espérant sans doute nous empêcher de fuir.

< Tobias ! Sors ce gosse d'ici ! > a crié Jake.

< Tu as besoin de moi >, ai-je répondu.

< Sors-le d'ici tout de suite ! >

J'ai serré Bek encore plus fort contre moi et j'ai entrepris de rejoindre le mur par lequel nous étions entrés. La douleur dans mon ventre était tellement forte que j'avais l'impression que quelqu'un m'avait transpercé avec une épée chauffée à blanc.

J'ai senti un souffle frais dans mon dos. Je me suis retourné, prêt à plonger dans l'ouverture. Mais la voie était bloquée.

Par un Andalite.

Plus âgé qu'Ax, plus grand, couvert de cicatrices. Il m'a jeté un regard plus noir que la nuit. Cette noirceur venait de la limace démoniaque qui logeait dans le cerveau de cet Andalite captif.

Vysserk Trois !

Il a donné un coup de queue. J'ai reculé. Quand j'ai redressé la tête en direction du corps andalite qui avait un jour appartenu à un puissant prince guerrier, j'ai vu ce qui se passait.

Il morphosait. Vysserk Trois, le seul Andalite-Contrôleur. Le seul Yirk capable de morphoser.

Vysserk Trois, qui avait parcouru la galaxie pour acquérir l'ADN des créatures les plus dangereuses de tout l'univers.

< Tiens, un Hork-Bajir rebelle, a-t-il déclaré d'un ton ravi. Le petit fugueur et le rebelle. Ket Halpak, si mes souvenirs sont bons. Eh bien, mon petit ami hork-bajir, je vais bientôt t'emmener au Bassin yirk. Tu seras bientôt l'un des nôtres. >

CHAPITRE
19

< **P**auvre Hork-Bajir, a ajouté Vysserk Trois d'un air faussement apitoyé. Tu es trop bête pour apprécier la beauté de cette animorphe. Elle s'appelle Kaftid. >

La tête d'Andalite de Vysserk s'est rétrécie et étirée jusqu'à ressembler à celle d'un hippocampe. Vous savez, avec une bouche rigide et tubulaire. Son cou s'est allongé. Deux ailes en cuir qui ne pouvaient lui permettre de voler sont apparues à l'arrière de son crâne.

Son corps à quatre pattes s'est transformé. Il est devenu un corps à cinq, six, sept, huit pattes ! Sa queue a disparu, et là où il y avait de la fourrure se trouvait maintenant une peau verte et visqueuse, comme celle d'une grenouille.

J'ai serré Bek encore plus fort contre moi, lutté contre la douleur, et tenté d'échapper au monstre que devenait Vysserk Trois. Mais Bek était affolé. Il geignait, pleurait et voulait retourner dans ce qui lui apparaissait comme un lieu sûr : l'intérieur du bâtiment.

J'ai essayé de le prendre dans mes bras, mais je n'étais pas habitué à mon corps de Hork-Bajir, et j'avais peur de le blesser avec mes lames.

J'ai finalement réussi à glisser un bras autour de son corps et j'ai essayé de passer sur la droite de Vysserk Trois.

Trop tard !

Siiiiiiiiipassssssss !

Un liquide de couleur verdâtre a jailli de la gueule du monstre. Le jet est passé à quelques millimètres de moi et s'est écrasé sur la paroi.

Psiiiiiiiicht !

De l'acide ! Le bois s'est mis à fumer et à se désintégrer sous l'effet de l'acide jaune-vert.

< Ah ! Ah ! Ah ! >

Vysserk Trois exultait.

< Tu veux te rendre, Hork-Bajir ? Tu n'es pas un

117

guerrier ! Vous autres n'êtes bons qu'à devenir nos esclaves ! >

Se rendre ? Quelle excellente idée. Avec Bek dans les bras, je ne pouvais de toute façon pas prendre le risque de m'attaquer à cet horrible monstre extraterrestre qui crachait de l'acide.

– Je me rends ! ai-je crié.

< Dans ce cas, couche-toi par terre, a-t-il ordonné. Je dois m'occuper des résistants andalites. Couche-toi dans la boue, esclave. Et surveille le gosse. >

– Oui. Coucher par terre, ai-je prononcé en essayant d'imiter au mieux les Hork-Bajirs.

Je me suis agenouillé, puis allongé. A cet instant, Vysserk Trois a été pris de frénésie. Il est parti rejoindre ses hommes en courant.

Mais il est passé trop près de moi. Tout à coup, au lieu de huit pattes, il n'en avait plus que cinq. D'une pierre trois coups. Chlac ! Chlac ! Chlac ! J'étais le nouveau rasoir trois lames.

< Arrrrrrgh ! > a-t-il mugi de rage et de douleur.

Incapable de tenir sur les jambes qui lui restaient, il a perdu l'équilibre. Pourtant, il a réussi à viser pendant sa chute. A bout portant.

Sur Bek.

J'ai basculé mon corps, plaçant mon dos entre le bébé hork-bajir et le jet d'acide de Vysserk.

Quelle horrible douleur ! Une douleur inimaginable ! Je brûlais ! J'étais en feu !

Je n'arrivais plus à réfléchir ni à me contrôler, même une seconde.

Je me suis redressé en titubant et en hurlant. J'ai couru me jeter dans le bassin.

Par bonheur, l'eau boueuse a dilué l'acide avant qu'il ne me ronge la colonne vertébrale.

Ouf !

Alors que je frissonnais de soulagement, je me suis rendu compte que j'avais abandonné Bek. J'ai levé la tête en direction de la berge.

Pas de Vysserk Trois. Pas de Kaftid.

Et pas de Bek.

< Noooon ! > ai-je crié, fou d'angoisse.

Un animal de taille imposante est sorti du bâtiment en ruine. Il s'est immobilisé au bord de l'eau et s'est mis debout. Il était aussi grand qu'un Hork-Bajir.

L'ours a cligné de ses yeux de myope.

< Tobias ? >

< J'ai perdu Bek ! >

< Sors de cet étang, ou tu vas te faire grignoter les fesses ! a crié Rachel. Les alligators foncent sur toi ! >

< J'ai perdu Bek ! > ai-je répété.

< N'y pense plus. Les Yirks s'en vont. Nous aussi. La police et les pompiers arrivent. Il faut partir ! >

CHAPITRE

20

J'avais perdu le jeune Hork-Bajir. Les Yirks l'avaient capturé. Par ma faute.

Peut-être qu'ils allaient l'obliger à leur révéler où se trouvait la vallée secrète des Hork-Bajirs.

Peut-être qu'ils allaient faire de lui un Contrôleur. Tout ça à cause de moi. Parce que je m'étais laissé dominer par la douleur. Parce que je n'avais pensé qu'à moi.

C'était à cause de l'humain qui était en moi. C'était lui qui avait accordé trop d'importance à la douleur. Un faucon n'aurait pas réagi de cette manière. Un faucon ne fait pas attention à la douleur.

J'étais dans ma prairie. Le soleil se levait derrière la couverture grise tirée sur le ciel pendant la nuit.

J'avais faim.

Et pourquoi ? Pourquoi n'avais-je pas mangé ? A cause de l'humain en moi. Comment expliquer autrement la panique et l'horrible vision qui me faisait croire que j'étais la proie ?

A cause de l'humain.

Je pouvais redevenir humain. Tout de suite, si je voulais. Il me suffisait de laisser passer les deux heures fatidiques et jamais, plus jamais, je ne devrais tuer pour manger. Tout du moins, pas de mes propres mains.

Une petite animorphe vite fait bien fait et, dans deux heures, je serais de nouveau moi-même. Retour à la case départ. La case humain. Celle de Tobias, le jeune garçon.

Depuis que l'Ellimiste m'avait rendu le pouvoir de morphoser en me permettant d'acquérir à nouveau mon propre ADN, la question s'était déjà posée à plusieurs reprises. Rachel y pensait souvent, je le savais. Un jour, elle m'avait même glissé à l'oreille : « Et si tu redevenais humain, tout simplement ? »

Je n'avais pas répondu.

Tout à coup, l'autre faucon est apparu dans mon champ de vision. Il prenait de l'assurance. Il devenait plus audacieux. Combien de temps allait-il encore s'écouler avant qu'il attaque et que je fuie ? Si j'avais été un vrai faucon, nous nous serions battus depuis longtemps. Même un faucon vieux et malade aurait eu plus de courage que moi.

Il planait au-dessus du terrier des lapins. Mon terrier. Lui, c'était un vrai faucon. Pas un monstre avec une serre dans un monde, et un pied dans l'autre.

< Hé, là, ai-je dit en parole mentale. Oui, toi, le faucon. Si tu allais prendre le territoire de quelqu'un d'autre ? >

Pas de réponse. Évidemment. Les mots ne signifiaient rien pour lui. Ils ne constituaient même pas un bruit de fond. Pour lui, c'était comme du silence.

< Ce sont mes lapins, espèce de voleur. Va-t'en. Je sais que je suis incapable de les manger, mais ils sont quand même à moi. Je sais que je suis incapable de chasser et de tuer comme un faucon, mais es-tu vraiment obligé de mettre le doigt sur mes faiblesses ? Non, pas le doigt. La serre. >

La faim déferlait en moi par vagues.

Quelle vie de fou. Quelle horrible créature j'étais. Pour survivre en tant que faucon, il fallait que je tue un autre faucon. Que je mène un combat d'oiseaux. Et pour quoi ? Un lapin ? Quelques souris ? J'allais me battre avec ce faucon pour avoir le droit de tuer et de manger des rongeurs ?

Avant, je n'avais pas le choix. Maintenant, si. J'avais choisi de vivre comme un faucon. Choisi de construire ma vie autour d'une minable prairie et des pitoyables rongeurs qui la peuplaient.

Peut-être que j'étais fou.

Avant, je me répétais que, de toute façon, je n'avais nulle part où aller. Personne chez qui aller. Pas de parents. Pas de famille. Maintenant, il y avait Aria. Elle voulait me rencontrer et s'occuper de moi.

Enfin, peut-être.

< Tobias ? >

J'ai sursauté, mais j'avais reconnu la voix mentale d'Ax. Il lui arrivait de me rendre visite. Nous formions le couple le plus étrange de la galaxie : l'extraterrestre et l'enfant-oiseau.

< Salut, Axos ! Qu'est-ce qui se passe ? >

< Haut est le contraire de bas. Même si ces termes perdent leur sens à l'extérieur du contexte bien précis du champ de gravité. >

< Ça va... >

< Qu'est-ce qu'il y a de drôle ? Ce n'était pas une blague. >

< Ah bon. Eh bien... Je ne suis sans doute pas la personne à qui il faut expliquer ça, alors. >

Depuis mon perchoir, j'observais mon ami, cette sinistre créature. Devant un Andalite, on est obligé de se rendre à l'évidence : ils ne sont pas de notre monde. Il me regardait avec l'un de ses tentacules oculaires. L'autre se balançait de droite à gauche, tandis que ses yeux surveillaient le champ.

< Tu as mangé ? > m'a-t-il demandé.

Je n'ai pas eu le courage de lui mentir.

< Non. >

< Il n'y a pas assez de proies ? >

< Exactement. Et trop de prédateurs. >

< J'ai vu ton congénère. >

< Je n'ai pas de congénères. Je suis un monstre. Je n'appartiens à aucune espèce. >

Ax n'avait rien à répondre à ça. Sans compter que les Andalites n'apprécient guère qu'on s'apitoie sur son sort. Ils considèrent ce genre d'émotion comme inutile.

J'ai soupiré.

< Désolé. J'ai faim, et je suis de mauvaise humeur. >

< La faim empêche de se concentrer, a reconnu Ax. Puisque les autres sont à l'école aujourd'hui, je me suis dit qu'on pourrait peut-être continuer notre enquête sur Aria. >

< On ferait mieux de retrouver le jeune Hork-Bajir que j'ai perdu, ai-je dit d'un ton amer. Plutôt que d'espionner ma famille. >

< La première fois, c'est en suivant cette femme que tu as trouvé le Hork-Bajir. >

Sous-entendait-il quelque chose ? Non. C'était une coïncidence, voilà tout. Aria était une photographe animalière. Elle avait entendu parler de la créature, et s'était rendue sur place pour la voir. Elle ne pouvait pas être un Contrôleur. Pourquoi un Contrôleur protesterait-il contre les conditions de vie des animaux au Safari de Frank ?

< D'accord, Ax. Ça nous donne un but. >

J'ai jeté un dernier coup d'œil à mon adversaire.

< Vas-y, ai-je dit. Vas-y, prends-la, ta prairie. >

CHAPITRE
21

Ax et moi nous sommes relayés toute la journée. Il morphosait et démorphosait sur le toit des gratte-ciel, à l'abri des regards indiscrets.

Un faucon à queue rousse et un busard ont passé leur journée à tourner autour du Regency Hotel. Quand Aria est sortie déjeuner, nous l'avons suivie. Quand elle a visité une exposition de photos, j'ai morphosé en humain et je l'ai accompagnée.

Nous l'avons surveillée heure après heure. Pour la voir prendre contact avec un Contrôleur. Ou tenter de rejoindre le Bassin yirk qui se trouvait dans le sous-sol de la ville.

Un Yirk doit se rendre au Bassin yirk tous les trois jours. Même si nous ne pouvions la suivre trois jours d'affilée, cette surveillance était déjà beaucoup.

Elle n'a manifesté aucun désir de s'y rendre.

En revanche, en huit heures, nous l'avons vue manger, lire le journal, se promener dans le parc, entrer et sortir plusieurs fois de son hôtel.

Personne ne l'avait approchée.

Nous n'avions rien appris. Rien du tout, mis à part qu'elle aimait beaucoup sa chambre d'hôtel. Elle sortait de temps en temps, mais elle y retournait toutes les deux heures. Ses rideaux étaient ouverts. Nous pouvions continuer à la surveiller, sauf quand elle allait à la salle de bains en fermant la porte derrière elle.

< Qu'est-ce qu'il y a derrière cette porte ? > m'a demandé Ax.

< Les toilettes. Tu sais, pour faire pipi, et tout le reste. >

< Ah. Et il n'y a pas de toilettes ailleurs qu'à l'hôtel ? > m'a demandé Ax.

< Bien sûr que si. Mais les femmes sont beaucoup plus réticentes que les hommes à utiliser les toilettes publiques. >

< Pourquoi ? >

< Je ne sais pas. Je suppose que ça doit être lié à l'éternelle question de faire pipi debout ou assis. >

Ax n'avait pas la moindre idée de ce dont je parlais. Il a dû renoncer à comprendre. D'autant qu'Aria était à nouveau sur le point de sortir.

Nous l'avons rejointe dehors. Elle marchait à pas vifs sur le trottoir. Il devait être environ trois heures de l'après-midi. L'heure de retrouver Jake et les autres.

A ce moment-là, une petite fille a lâché la main de sa mère et a traversé la rue en courant. Un bus municipal s'avançait droit sur elle.

< Attention ! > ai-je hurlé sans réfléchir.

La mère a poussé un cri, mais elle était trop loin.

J'ai vu Aria tourner la tête. Elle a compris ce qui allait se passer, a laissé tomber son appareil photo et s'est lancée à la poursuite de la petite fugueuse.

Elle a plaqué la fillette à terre et roulé avec elle jusqu'à l'étroit muret de béton qui séparait les deux voies.

La mère est arrivée en courant. La petite fille pleurait, mais elle n'était pas blessée. Aria s'est relevée et a frotté ses vêtements.

< Elle vient de sauver la vie à cette petite fille >, ai-je dit.

< Oui. Au risque de sa propre vie. >

< Elle est vraiment humaine ! Un Contrôleur n'aurait jamais fait une chose pareille ! > me suis-je exclamé.

< En effet, a reconnu Ax. Il est maintenant clair qu'Aria ne se comporte pas du tout comme un Contrôleur. >

Quelque chose m'a gêné dans les termes employés par Ax mais, sous le coup de l'émotion, j'ai rapidement cessé d'y penser.

J'avais voulu me persuader qu'il s'agissait d'un piège. Me comporter comme si Aria était un Contrôleur.

Non. Elle était vraiment ce qu'elle prétendait être. Un humain qui recherchait Tobias, son cousin perdu.

Ma dernière excuse pour rester un faucon, pour refuser de redevenir humain, n'était plus valable Maintenant, je pouvais avoir une maison, une famille.

C'était vrai. Tout cela était vrai.

Je pouvais avoir une maison. Comme n'importe quel humain. Un foyer !

Je n'aurais plus à tuer pour mon petit déjeuner.

Je n'aurais plus besoin de manger des charognes. Je dormirais dans un lit. Et Rachel cesserait de me lancer des regards apitoyés.

CHAPITRE
22

Ce soir-là, j'ai volé jusqu'à la chambre de Rachel. Je n'arrivais pas à dormir, et je mourais de faim. J'étais pourtant incapable de chasser.

Elle s'était déjà mise au lit, mais elle avait laissé sa fenêtre ouverte. Je me suis glissé dans sa chambre pour me poser sur le bureau. Quand je me suis rendu compte qu'elle dormait, j'ai voulu m'en aller.

– Non, attends, reste, a-t-elle dit en se frottant les yeux et en s'asseyant dans son lit.

Elle n'a pas allumé la lumière. Tant mieux.

– Tu as raté le rendez-vous, a-t-elle déclaré.

< Oui. Je suis désolé. Qu'est-ce que vous avez décidé pour Bek ? >

Rachel s'est ébouriffée les cheveux.

– Jake pense que les Yirks vont se servir de lui pour tendre un piège aux Hork-Bajirs libres.

< Ah oui ? >

– Tu sais, ce site dont les Hork-Bajirs t'ont parlé ? Celui où ils vont libérer d'autres Hork-Bajirs. Eh bien, Jake pense qu'ils vont emmener Bek là-bas, et les y attendre pour les capturer.

< Plus exactement, cela arrange Jake de croire ça, ai-je dit d'un ton amer. J'ai donné ma parole à Jéré, Ket et Toby. Jake cherche simplement un moyen d'obliger les Hork-Bajirs libres à nous révéler l'emplacement de ce site. >

J'ai eu l'impression que Rachel allait se mettre en colère, mais elle a éclaté de rire.

– Peut-être. Jake devient de plus en plus malin. Mais ça n'a pas d'importance. Il y a trois possibilités : soit Bek a été transporté sur ce site, soit il est au Bassin yirk, soit il a été tué. De toute façon, nous nous occuperons de cette affaire demain. Le collège est fermé à cause d'une réunion de professeurs.

J'ai eu un mouvement de recul.

< J'ai promis à Jéré, Ket et Toby de retrouver le petit Hork-Bajir. >

– Nous l'avons retrouvé. Ce n'est pas de ta faute si les Yirks l'ont fait prisonnier.

Je n'ai pas répondu. C'était de ma faute, mais on n'allait pas en débattre toute la nuit.

< Ax et moi avons suivi Aria >, ai-je déclaré.

– Oui, Ax nous l'a dit.

< Je… Je pense qu'elle est vraiment ce qu'elle prétend être. Ça n'a pas d'importance, mais… >

Rachel a sauté de son lit et s'est assise sur le bureau près de moi.

– Bien sûr que si, ça a de l'importance, Tobias. C'est ta famille. Elle veut s'occuper de toi.

J'ai eu un rire forcé.

< J'imagine très bien la scène. Bonjour, cousine Aria. C'est moi, Tobias. Non, au-dessus de ta tête. L'oiseau. Hé oui, surprise ! Ton cousin est un faucon à queue rousse ! >

– Rien ne t'oblige à être un faucon.

J'ai fait semblant de ne pas comprendre ce qu'elle voulait dire.

< Hein ? >

– Tobias, tu as le pouvoir de redevenir humain. Un humain comme les autres.

< Hum, hum. >

— Tu peux rencontrer cette dame comme un humain. Tu peux redevenir Tobias. Tu peux avoir une famille, quelqu'un qui s'occupe de toi.

< Je n'ai pas besoin qu'on s'occupe de moi >, ai-je rétorqué.

Rachel s'est brusquement levée.

— Tobias, arrête de faire l'imbécile ! Tu vois très bien ce que je veux dire ! Tu crois que je ne sais pas que tu meurs de faim ? Je le vois dans tes yeux. Il y a quelque chose qui ne va pas, en ce moment. Je veux dire, je t'ai vu... Aucune importance.

J'avais la gorge serrée.

< Quoi ? ai-je presque crié. Tu m'as vu faire quoi ? Manger cette... cette charogne ? En quoi est-ce différent de ce que tu fais, toi ? De ce que font les humains ? Tu vas au supermarché acheter du bœuf, du porc ou des poulets morts depuis des semaines ! >

— Je me moque que tu manges des charognes ! Arrête de faire semblant de ne pas comprendre ! Je m'inquiète pour toi. Parce que, quand je te vois faire ça, je sais que quelque chose ne tourne pas rond.

Mais tu vis dans ton petit univers de faucon, et tu n'autorises personne à te donner un coup de main. Tu préférerais mourir de faim plutôt que réclamer de l'aide ! Tu refuses même d'admettre que tu vas mal, parce que ça serait une façon de dévoiler tes faiblesses.

< Je suis un faucon, ai-je rétorqué. Un oiseau de proie. Si je suis faible, je meurs. C'est notre loi. Je ne suis pas un être humain. Je ne suis plus un être humain. Un faucon ne demande d'aide à personne. Un faucon se débrouille avec ses yeux, ses ailes et ses serres. >

— Tu es un faucon ? a ricané Rachel. Tu es en train de parler, Tobias ! Tu sais lire ! Tu éprouves des émotions ! Ce sont des caractéristiques humaines !

< Ça va ! Ça va ! Tu crois que je l'ignore ? C'est pour cette raison que j'ai faim. Parce que je ne suis pas assez faucon ! C'est pour ça que j'ai laissé Bek s'enfuir. Parce que j'étais trop humain pour faire passer ma douleur et ma peur après ma mission ! >

— N'importe quoi ! s'est écriée Rachel d'un ton furieux. Ça n'a pas de sens ! Je vais te dire une chose : il faut que tu fasses un choix, Tobias. Tu peux rester un faucon. Mais tu ne seras jamais, jamais, un faucon à part entière. Si tu veux vivre comme un faucon, tu vivras comme en ce moment : seul, tiraillé entre deux mondes, sans réelle identité. Mais tu peux redevenir humain. Entièrement humain. Tu peux aller vivre avec Aria, manger à une table et dormir dans un lit.

< Et ne plus jamais voler. Ne plus jamais voir le monde avec des yeux de faucon. Ne plus jamais morphoser. Vous m'aimez bien, je le sais, mais vous finirez par ne plus me voir. Parce que je ne serai plus un Animorphs. >

– Tu continueras à me voir moi, a déclaré Rachel.

Pendant un long moment, ni elle ni moi n'avons parlé. Puis Rachel a murmuré :

– Qu'est-ce que je dois faire, Tobias ? Je suis une fille. Tu es un oiseau. C'est un problème autrement plus grave que celui de Roméo et Juliette. Nous ne sommes pas Kate Winslet et Leonardo DiCaprio, dont le seul souci est d'appartenir à des classes sociales différentes. Ce n'est pas comme si tu étais noir et moi blanche, comme Cassie et Jake. Personne ne fait plus attention à ce genre de choses,

137

de nos jours, à part les imbéciles. Nous... nous ne pouvons pas nous prendre par la main, Tobias. Nous ne pouvons pas danser ensemble. Nous ne pouvons pas aller au cinéma.

< Je... écoute, Rachel, tu crois que j'ignore tout ça ? Mais je ne peux pas passer mon temps à changer. Je ne peux pas devenir sans cesse un être différent. >

– Je te demande un dernier changement, Tobias. Redeviens humain. Tu n'auras plus à mener cette guerre stupide, tu ne seras plus obligé de vivre aussi dangereusement. Je cesserai de m'inquiéter pour toi.

Je n'en pouvais plus. C'était trop. Si je ne m'éloignais pas, j'allais exploser. Je ne pouvais rester si près d'elle... Je ne pouvais tout simplement pas.

Je me suis retourné pour m'envoler.

– Tobias. Au fait, c'est demain. Ton anniversaire. Marco a fouillé dans les archives de l'école. C'est demain que tu dois rencontrer ce notaire et Aria. Quoi qu'il se passe là-bas – quelle que soit ta décision – viens me voir après, d'accord ? Peut-être que nous pourrons manger un gâteau avec des bougies.

J'ai déployé mes ailes et je me suis envolé.

CHAPITRE
23

Je n'ai pas beaucoup dormi cette nuit-là. Ma discussion avec Rachel ne m'y a guère aidé.

Dans deux heures, nous irions tous ensemble rendre visite aux Hork-Bajirs. Je leur demanderais de me révéler où se trouve le site yirk. Nous leur expliquerions que c'était sans doute là que les Yirks avaient emmené Bek. Peut-être était-ce vrai, après tout.

Il y aurait une bataille. Peut-être gagnerions-nous, peut-être pas.

Ensuite, j'aurais un autre combat à mener. Un combat avec moi-même.

Humain ou faucon ? Lequel choisir ?

J'observais la prairie depuis mon perchoir. J'avais terriblement faim. Je me sentais faible. Si je ne mangeais rien, je n'aurais pas la force de voler jus-qu'à la vallée des Hork-Bajirs. Ni celle de me battre.

Était-ce si important ? N'en avais-je pas déjà fait assez ? Le prix que j'avais payé n'était-il pas suffi-samment élevé ?

Je pouvais morphoser en humain et rester humain. Manger comme un humain. Ne plus avoir à me battre pour un territoire ou contre les Yirks.

Être avec Rachel.

C'était une décision tellement simple. Tellement facile. N'importe quel imbécile me donnerait la réponse. Humain ! Humain !

Dans la faible lueur qui précède l'aube, j'ai aperçu un mouvement dans l'herbe. C'était l'heure du repas. La lapine se méfiait, maintenant. Elle avait perdu un petit. Puis j'ai vu l'autre faucon. Il me regardait. Je savais que le jour était venu. Il voyait ma faiblesse. Il se sentait plus fort que moi.

J'ai commencé à frémir. A trembler. A cause de la faim, de la peur, et d'émotions trop complexes que je ne réussissais pas à analyser.

Je voyais les lapins. Ils étaient à moi. Mais je savais quel terrible cauchemar m'attendait. Je savais qu'au moment où je fondrais sur ma proie, je deviendrais cette proie.

C'était à cause de l'humain en moi. Il fallait que je lui résiste. Si je voulais rester un faucon, je devais détruire la partie sensible en moi, la partie qui pleurait à la place des créatures que je tuais. Les prédateurs ne peuvent éprouver les émotions de leurs proies. Je ne pouvais m'autoriser à ressentir la terreur que je provoquais, la douleur que j'infligeais.

< Ça suffit, ai-je lancé à l'autre faucon. C'est stupide. Je ne te veux pas de mal ! Je ne vais pas tuer ces pauvres créatures sans défense. J'en ai assez. Je suis un humain ! >

Je me suis posé à terre, et j'ai commencé à morphoser. A morphoser en humain !

« Non, non pas encore, me suis-je dit. Les autres comptent sur moi. Les Hork-Bajirs comptent sur moi. Plus tard. Je morphoserai en humain après la bataille, et j'irai voir Aria. »

J'ai ouvert mes ailes et je me suis élevé dans les airs. Il fallait que je mange. J'avais vu un chat écrasé par une voiture. Juste cette fois, la dernière. Puis tout ça serait fini.

Picorer pour la dernière fois la chair d'un animal mort sur la route. La dernière humiliation, la dernière bataille, et tout cela serait du passé. C'était mon anniversaire, après tout. Un bon jour pour une renaissance.

J'ai retrouvé le chat, et j'ai mangé tout ce que j'ai pu garder dans mon estomac.

Nous, les Animorphs, nous trouvions face aux Hork-Bajirs libres. Je me suis posé sur une branche basse et j'ai engagé la conversation. Je leur ai raconté notre malheureuse tentative de sauvetage. Puis je leur ai expliqué que, selon nous, Bek était maintenant sur le site que les Hork-Bajirs avaient attaqué.

– C'est un piège, a déclaré Toby.

< Oui. >

– Et vous voulez quand même y aller ?

< Nous n'avons pas le choix. Nous devons libérer Bek. Il faut simplement que vous nous révéliez l'emplacement de ce site. >

Toby a réfléchi un moment. Cela faisait bizarre de parler à un Hork-Bajir doté des mêmes capacités intellectuelles que moi. Et peut-être même un peu supérieures.

– Nous vous accompagnons, a déclaré Toby.

– Non, non, a répondu Jake. Nous agissons seuls. Et nous allons simplement récupérer un petit Hork-Bajir. Nous n'avons pas besoin de toute une armée.

Toby a rétorqué :

– C'est un piège. Les Yirks nous attendent. Mais nous devons quand même les surprendre. Même en tombant dans leur piège, nous devons trouver un moyen de les surprendre.

J'ai regardé Jake. Il haussait les sourcils d'un air stupéfait.

< Je t'avais prévenu : Toby n'est pas un Hork-Bajir comme les autres >, lui ai-je chuchoté en lui adressant ma parole mentale en particulier.

– Les Yirks s'attendent à ce que nous essayions de libérer Bek. Ou au pire, à un raid comme ceux que nous avons déjà menés : on fait une apparition éclair, et on disparaît aussitôt dans la forêt, a expliqué Toby.

– Et que comptes-tu faire, cette fois ? a demandé Jake.

Toby a eu un regard froid.

– Attaquer ! Détruire le site. Même si cela signifie tuer d'autres Hork-Bajirs. Même si cela signifie perdre Bek !

Même moi, j'étais choqué.

< Ce que tu dis est terrible, Toby. >

Elle affichait un sourire déterminé.

– Les Yirks doivent comprendre qu'ils n'ont pas le droit de prendre les nôtres en otages.

– Notre objectif est en train de changer, a déclaré calmement Cassie. Je croyais que nous étions là pour sauver Bek.

– Non, a répondu Toby. Notre objectif est de vaincre les Yirks. Et pour cela, nous devons être forts. Quand un Hork-Bajir est libéré, il ne doit plus jamais être repris.

– Et tu penses qu'ensuite les Yirks vous laisseront en paix ? Ils s'attaqueront encore plus durement à vous, a fait remarquer Cassie.

Toby a hoché la tête.

– En effet. Mais au moins, les Hork-Bajirs garderont leur fierté. Les imbéciles croient qu'il faut montrer sa force aux autres. Un sage sait qu'il faut être fort pour soi-même. Les Hork-Bajirs doivent être forts pour eux-mêmes. Ainsi, nous resterons forts, même quand les Yirks seront vaincus.

– Bien vu, a reconnu Jake.

Marco s'est avancé en désignant Rachel du pouce.

– Toby, je te présente Rachel. A mon avis, vous êtes toutes les deux bonnes pour une visite chez le psy.

– Elle a raison, a répliqué Rachel. Quand on est attaqué, on doit riposter. Peu importe la personne qui attaque. L'adversaire doit savoir ça.

Cassie a levé les yeux au ciel.

– C'est une parfaite justification de la guerre des gangs.

– De la Seconde Guerre mondiale, oui, a rétorqué Rachel. Puisque les nazis ont attaqué, il fallait riposter. De toute façon, ils voulaient la mort de leurs ennemis, alors…

– Et l'Irlande du Nord dans tout ça ? Et le Moyen-Orient ? a lancé Cassie.

Marco a dit :

– Faut tirer sur tout ce qui bouge !

Cassie et Rachel l'ont regardé fixement.

– Ben quoi, vous avez jamais vu *Rambo* ?

– Ah ! Je croyais que tu étais sérieux, s'est moquée Cassie.

– Marco ne connaît pas le sens de ce mot, a déclaré Rachel.

Il a fallu dix minutes à Toby pour rassembler les Hork-Bajirs. Finalement, dix d'entre eux nous ont accompagnés. D'autres s'étaient portés volontaires, mais nous avons refusé qu'ils viennent. Il faut toujours envisager le pire.

A nous six, plus dix Hork-Bajirs, cela ne faisait pas vraiment une armée. Mais ce n'était pas non plus une troupe de rigolos.

Si je maintenais ma décision de redevenir humain, ce serait ma dernière bataille.

Nous avons traversé la vallée à pied, ce qui nous a pris un bon moment. L'endroit pouvait abriter beaucoup d'autres Hork-Bajirs. L'Ellimiste avait vu grand, sans doute en prévision de l'avenir.

– Moi combattre toi, m'a dit un Hork-Bajir que je ne connaissais pas, alors que je voletais au-dessus du groupe.

< Quoi ? >

– Au Bassin yirk. Moi combattre toi.

Il a souri en me montrant une horrible cicatrice sur son œil gauche. Puis il a mimé un oiseau qui lui labourait le visage avec ses serres.

– Fal Tagut dire aïïïïïïïïïie !

< J'ai fait ça ? Je suis… désolé. >

– Pas désolé ! Fal Tagut pas libre. (Il a tapoté sa tête avec sa longue patte.) Fal Tagut avoir Yirk là. Pas libre. Maintenant, bon ! Hork-Bajir et humains amis. Toby expliquer.

C'était un long discours pour un Hork-Bajir. Il semblait épuisé. J'ai essayé d'imaginer comment se passerait la cohabitation entre les Hork-Bajirs et les humains si jamais les Yirks étaient vaincus. Les hommes ne sont pas réputés pour leur tolérance envers les autres. Ils sont capables de s'entre-tuer à cause de la couleur de leur peau, de la forme de leurs yeux ou parce qu'ils prient différemment le même dieu. Je les voyais mal accueillir des monstres de deux mètres dix chez les scouts.

Attaquer, riposter. Toby avait raison. Elle avait compris que le jour où les Yirks seraient battus, les Hork-Bajirs devraient se protéger des humains.

Non, elle n'avait pas raison. Déjà, il fallait éviter d'être attaqué. C'est l'agresseur qui nous entraîne dans le cercle infernal. C'est le type qui se réveille un matin en décidant qu'il ne passera pas la journée sans insulter ou blesser quelqu'un.

Et comment réagir dans ce genre de situation ? En laissant un salaud vous dicter votre conduite ? En s'abaissant au niveau de l'imbécile qui croise votre chemin ?

Je me suis mis à penser à l'autre faucon, celui qui voulait prendre mon territoire. Lui ne connaissait que ça : attaquer et riposter. Mais c'était une mauvaise comparaison. Car c'était un animal, pas un humain. Il ne possédait que ses instincts d'oiseau. On ne pouvait lui reprocher d'obéir à sa nature.

Certains humains ne valaient sans doute pas mieux que ce faucon. Peut-être qu'on ne pouvait pas reprocher à un humain primitif de se conduire comme un animal. Mais le faucon, lui, n'avait pas le choix. Il ne possédait pas de libre-arbitre. Il n'entendrait jamais des paroles comme : « Nous sommes tous frères » ou : « J'ai fait un rêve… », ou encore : « Tous les hommes naissent libres et égaux. »

Tout à coup, j'ai compris que ce que je croyais unique en moi – la lutte entre un prédateur qui agit selon ses instincts et un humain qui réfléchit – était finalement une chose très commune.

J'ai compris que tout le monde – Jake, Rachel, Marco, Cassie, n'importe quel être humain – est tiraillé entre ses instincts primaires et sa raison. En fait, quand on est attaqué, parfois il faut riposter, et parfois il faut tendre l'autre joue.

J'ai observé la cicatrice sur le visage de Fal Tagut. C'est moi qui avais blessé ce Hork-Bajir. Ce jour-là, j'avais voulu le tuer parce qu'il avait voulu me tuer. Maintenant, on était du même bord.

En fait, toute la difficulté était de prendre une décision au cas par cas. De savoir quand il faut riposter, et quand il faut s'incliner. C'est très difficile. Et même si je redevenais humain, ça resterait difficile.

Comprendre ça aurait dû me mettre le moral à zéro. Pas du tout. Je me sentais plus humain, tout simplement.

< C'est une usine d'armement >, a déclaré Ax.

Il luttait pour contenir la colère qui grondait en lui.

< Regardez ces lance-rayons Dracon. Ils sont presque finis. Il ne leur manque plus qu'une gâchette pour être opérationnels. >

Nous étions au bord d'une cuvette parfaitement circulaire creusée dans la terre, en plein milieu d'une épaisse forêt. Si on approchait par les airs ou la terre, on ne voyait que des arbres. Des projections holographiques créaient une parfaite illusion optique. Jusqu'au moment où on les franchissait.

Les randonneurs ou les campeurs qui s'aventuraient par là avaient toutes les chances de ne jamais en revenir. Ils risquaient d'être mis en pièces par les patrouilles d'humains-Contrôleurs et de Hork-Bajirs.

Une patrouille nous avait interceptés. Ils devaient le regretter, à présent. Les humains-Contrôleurs étaient soigneusement ligotés et accrochés à une très haute branche d'un très grand arbre. Les Hork-Bajirs ne sont peut-être pas des génies, mais ils savent s'y prendre avec le bois, les racines, et les arbres en général. Ces Contrôleurs resteraient hors d'état de nuire pendant un bon moment.

Quant aux Hork-Bajirs-Contrôleurs, quatre en tout, ils avaient été assommés, puis on leur avait enfoui le visage dans la terre. Il paraît que comme ça, ils ne peuvent pas reprendre connaissance. A notre retour, ces quatre-là nous accompagneraient. Contre leur gré, d'abord. Mais au bout de trois jours maximum, quand le Yirk dans leur tête serait mort par manque de rayons du Kandrona, il y aurait quatre Hork-Bajirs libres de plus. Après avoir traversé l'hologramme, nous nous sommes penchés sur le grand trou creusé par les Yirks. Au centre se trouvait un bâtiment qui ressemblait à une centrale électrique avec des poteaux en acier qui partaient dans toutes les directions. Au sommet de cette structure se trouvait une espèce de statue montée sur pivot.

< C'est un rayon Dracon ? Je n'en ai jamais vu d'aussi grand >, ai-je déclaré.

Ax a dirigé un tentacule oculaire vers moi.

< Sa taille est préoccupante, en effet. Car si les Yirks étaient de bons ingénieurs, ils auraient pu construire une arme de même puissance trois fois plus petite. >

< Celle-là est puissante ? >

< Elle pourrait pulvériser des montagnes entières sur la Lune, a-t-il répondu d'un ton anodin. Ou détruire un vaisseau andalite en orbite. >

– Elle peut être dirigée vers la Terre ? a demandé Jake.

Ax l'a examinée attentivement. Puis il a fait cet étrange sourire andalite sans bouche.

< Oui. >

– Comment on descend là-dedans ? a demandé Rachel.

– En volant ? Non, ils vont nous abattre dans les airs, a répondu Cassie.

< S'ils capturaient un groupe d'Hork-Bajirs libres, que feraient-ils ? > ai-je demandé à Toby.

Elle m'a regardé en hochant la tête.

— Ils nous mettraient dans des cages en attendant de pouvoir nous transporter au Bassin yirk et de nous transformer en Contrôleurs.

— Ils savent que nous étions au Safari de Frank l'autre soir, a fait remarquer Marco. Donc ils savent qu'on est en contact avec les Hork-Bajirs libres. S'ils ont amené Bek ici, ça veut dire qu'ils s'attendent à une attaque.

— Vysserk Trois sait que nous sommes en contact avec les Hork-Bajirs libres. Mais le Yirk qui dirige ce site, le sait-il ? Ce n'est pas sûr, a avancé Cassie.

Jake a demandé à Toby :

— Quand vous avez attaqué cet endroit, vous étiez combien ?

— Trois ou quatre. Nous ne voulions pas risquer la vie de tous les membres de la communauté.

Jake a souri.

— On va donc envoyer trois ou quatre Hork-Bajirs, comme les fois précédentes. Sauf que ces Hork-Bajirs auront des passagers à bord. Ils feront semblant de se battre, puis ils se rendront. A ce moment-là, on démorphosera et on attaquera.

Marco a grogné.

– On ne va pas se transformer en puce, hein ? Je déteste morphoser en puce.

Il avait une bonne raison pour cela. Marco avait failli être piégé dans une animorphe de puce. Être prisonnier du corps d'un faucon, c'est une chose. Mais de celui d'une puce ! Plutôt mourir.

– Choisissez un insecte. N'importe lequel, a dit Rachel en riant. Puce, mouche ou moustique. Un insecte est un insecte.

– Super, a marmonné Marco. En fourmi, j'ai manqué de me faire couper en deux, en puce j'ai failli rester prisonnier de mon animorphe. Je n'ai pas un très bon souvenir de ces bestioles.

– Quand j'ai morphosé en mouche, je me suis fait à moitié assommer, lui a rappelé Jake, comme si ça pouvait rassurer Marco *.

Finalement, quatre Hork-Bajirs se sont discrètement dirigés vers le site yirk. Ils emportaient avec eux une armée d'insectes : une puce, un moustique, deux cafards, une mouche, et une tarentule. La tarentule, c'était Marco.

* voir *L'Alerte* (Animorphs n°16)

J'avais été le premier à morphoser. En puce. D'accord, ce sont des petites bêtes sans cervelle, presque aveugles, qui vous sucent le sang, mais vous avez déjà essayé d'en tuer une ? Ça peut prendre toute une journée. Malheureusement, je ne voyais rien depuis mon point d'observation situé à la base de la corne frontale de Jéré Haimie. Alors, Marco me tenait au courant en parole mentale. Il avait huit yeux, lui.

< Ça y est, on arrive. >

Quelques minutes plus tard :

< Je crois que je vois Bek. Il est dans une cage en plein air. Personne ne le surveille. >

Puis :

< Bon sang, les Yirks n'ont vraiment aucun respect pour les Hork-Bajirs ! Même un gosse de deux ans comprendrait que c'est un piège ! Allez, faites un effort ! Mettez quelques gardiens, même petits. Quelque chose, quoi ! >

Le corps de Jéré Haimie a été parcouru d'une violente secousse.

< Laisse-moi deviner. On est prisonniers. >

< Ouais, ça y est >, a dit Marco, apparemment ravi.

CHAPITRE
26

< **J**e te décris la situation telle que je la vois avec mes yeux d'araignée, a expliqué Marco. Nous sommes dans une cage. Les barreaux sont gros, mais le cadenas est tout ce qu'il y a de plus banal. Jéré Haimie tient Bek dans ses bras. >

< Les barreaux sont vraiment solides ? > a demandé Cassie.

< Si tu voulais enfermer des Hork-Bajirs, tu mettrais des barreaux solides, toi ? > a rétorqué Marco.

< Ça va, j'ai compris. >

< Il faut trouver un moyen d'ouvrir ce cadenas >, a-t-il repris.

< Sans blague ! s'est moquée Rachel. Avec ton intelligence, tu pourrais être notre seer, tu sais. >

< Ah, ah, ah. Très drôle >, a répliqué Marco.

< Il faut que les Hork-Bajirs cachent ceux qui vont démorphoser >, a déclaré Jake.

< Je commence, ai-je dit. Je suis le plus petit, donc le plus facile à cacher. >

Personne ne s'y est opposé. J'ai replié mes pattes de puce et j'ai effectué un saut périlleux dans les airs. La chute m'a parue interminable. J'ai fini par toucher terre.

Pfit !

J'avais dû tomber d'une hauteur qui faisait un millier de fois ma propre taille. Comme si un humain tombait d'un immeuble cinq fois plus haut que la tour Eiffel. Pourtant, en touchant le sol, j'ai demandé, d'un air très naturel :

< Et maintenant ? >

J'ai commencé à démorphoser. Tout doucement. J'ai grandi de deux centimètres, puis je me suis arrêté.

< Jéré Haimie, tu me vois ? >

– Jéré voir insecte.

< C'est moi. >

– Tobias ? Tobias insecte ?

J'ai regretté que Toby ne soit pas là. Mais elle

était trop précieuse pour qu'on prenne le risque de l'entraîner dans le complexe yirk.

< Oui, je suis un insecte. Jéré ? Il faut que les autres Hork-Bajirs et toi me cachiez. Mettez-vous en cercle autour de moi. >

– Jéré comprendre.

J'ai continué à démorphoser. Quand je me suis de nouveau interrompu, j'étais un monstre de quinze centimètres doté de minuscules plumes qui poussaient sur ma carapace couleur rouille. Ce n'était pas beau à voir, croyez-moi. Il n'y a rien de plus répugnant que le croisement entre un bec de faucon et une bouche de puce suceuse de sang.

Mais maintenant, j'avais des yeux. J'y voyais mal, mais je me sentais soulagé. J'ai levé la tête et j'ai souri.

< Non, Jéré. Retourne-toi. Si tu me regardes, tout le monde va comprendre que tu caches quelque chose. >

Le Hork-Bajir a pivoté sur lui-même. J'ai fini de démorphoser au milieu d'une forêt de pieds et de queues aussi gros que des troncs d'arbre. Je n'avais plus qu'à ouvrir le cadenas. Sans doigt.

La cage était gardée, maintenant. Maintenant que le piège avait fonctionné. Nous étions surveillés par six gros Hork-Bajirs armés jusqu'aux dents.

Notre prison se trouvait dans l'ombre du bâtiment qui abritait l'immense rayon Dracon. Il mesurait une quinzaine de mètres de haut, et ses parois étaient presque verticales. Un édifice géant au centre d'une cuvette creusée dans la terre.

Il y avait des ouvriers hork-bajirs et des Taxxons, mais ils ne pouvaient pas nous voir, à moins de se pencher.

Une route avait été construite pour accéder au rayon Dracon. Elle était assez large pour que des camions y circulent. C'était le seul moyen d'atteindre le sommet.

Je suis sorti de la cage en marchant. Nous autres faucons n'avançons pas vite sur nos serres, mais nous savons marcher. Je me suis glissé entre les barreaux.

Un Hork-Bajir-Contrôleur m'a regardé d'un air surpris. Je lui ai rendu son regard. Comment allais-je faire pour récupérer la clé ? En la lui demandant ?

Quelle bonne idée...

J'ai contourné une cabane à outils. Cela fait toujours drôle de voir les Yirks utiliser du matériel humain. Cette cabane ressemblait à un vulgaire abri de jardin.

J'ai morphosé derrière la cabane. J'avais choisi une animorphe qui passerait totalement inaperçue en ce lieu : celle de Ket Halpak.

Puis j'ai tranquillement fait le tour de la cabane et je me suis avancé vers le Hork-Bajir qui semblait être le chef.

– Ils veulent te voir, ai-je dit.

– Qui ça ?

J'ai penché la tête sur mon épaule en direction du bâtiment.

– Les chefs.

En ce bas monde, on peut être sûr d'une chose. Il y a toujours des chefs quelque part.

Le Hork-Bajir a grogné. Le Yirk dans sa tête était à la fois ennuyé et apeuré.

– Vysserk est là ?

J'ai tourné la tête, comme si je n'avais pas le droit d'en dire plus. Maintenant, le type était nettement plus apeuré qu'ennuyé.

J'ai tendu une patte.

– Donne-moi la clé.

C'était aussi simple que ça. Il me l'a donnée, et je suis allé ouvrir la cage.

– Qu'est-ce que tu fais ? m'a demandé l'un des Hork-Bajirs-Contrôleurs.

Je me suis retourné et je lui ai décoché un uppercut à la mâchoire. Il s'est effondré.

Les quatre gardiens restants ont hésité pendant un quart de seconde. Jéré Haimie et les autres en ont profité pour sortir de la cage. J'ai vu quelque chose grossir à vue d'œil par terre. C'était encore un moustique, mais on ne pouvait s'empêcher de remarquer une drôle de queue en train de pousser.

Il y a eu une minute de combat impitoyable. Cinq Hork-Bajirs libres (dont moi-même) contre quatre gardiens. Mais la bagarre a pris fin peu après qu'Ax nous a rejoints.

Nous avons enfermé les gardiens dans la cage.

Tout le monde a choisi une animorphe de combat. Moi, j'ai démorphosé. Il nous fallait un œil dans le ciel. J'ai attrapé une petite brise et je me suis laissé planer. Je me trouvais à cinq mètres du sol.

J'ai observé notre petite troupe. Quatre Hork-Bajirs libres, un tigre, un loup, un gorille, un Andalite et un énorme éléphant.

Une drôle d'armée.

< Le plus génial, c'est qu'ils pourront crier tout ce qu'ils veulent, les Yirks croiront qu'il s'agit des Hork-Bajirs rebelles >, a remarqué Cassie à propos des gardiens enfermés dans la cage.

< Bon, a lancé Jake. Pour l'instant, tout a bien marché. Mais il ne faut pas perdre notre objectif de vue. >

< Voilà qu'il se prend pour John Wayne, maintenant >, a dit Marco en riant.

Jake a ignoré sa remarque.

< Nous devons prendre le rayon Dracon d'assaut, puis le détruire. Vite fait, bien fait. Il ne faut pas laisser aux Yirks le temps de réagir. >

Il y a eu un instant de silence.

Puis Marco a lancé :

< Rachel ! Qu'est-ce que tu attends ? >

< Oh, excusez-moi, j'avais la tête ailleurs. >

Alors, fidèle à elle-même, elle a hurlé :

< A l'attaque ! >

< Merci, a fait Marco. Nous ne pouvons réussir l'une de nos stupides missions suicides sans le cri de guerre de la princesse Xena. >

Ils se sont tous regroupés et, au signal de Jake, ils ont foncé jusqu'à l'arme. Ensuite, les choses ont mal tourné.

Mais moi, j'étais dans les airs, et je voyais tout avec mes yeux de faucon. Et j'avais déjà deviné que les choses allaient mal tourner.

Mes amis et leurs alliés ont gravi la route escarpée. Ils se trouvaient juste derrière un gros camion poubelle. Les Yirks ne pouvaient pas les voir et ne se doutaient de rien.

Mais ils étaient visibles pour l'hélicoptère qui a surgi au-dessus des arbres et s'est approché du site secret.

Il a dessiné un cercle en volant de plus en plus bas. C'était un petit appareil, avec un cockpit vitré, juste assez large pour contenir un pilote et un passager.

Un passager humain. Aucune autre créature n'aurait pu s'y installer.

On avait annoncé au gardien hork-bajir la visite de Vysserk Trois. Eh bien, le voilà qui arrivait.

Les rayons du soleil se reflétaient sur le verre, ce qui m'empêchait de distinguer les traits des personnes se trouvant dans l'appareil. Un aigle ou un balbuzard auraient mieux vu que moi. Le soleil ou l'eau ne les gênent pas. Moi, je ne distinguais qu'une silhouette humaine. Qui pointait un doigt sur mes amis. Puis, l'espace d'une seconde, j'ai entrevu une queue de cheval brune.

Aria ! L'hélicoptère est passé près de moi. J'ai tourbillonné dans le souffle provoqué par son rotor. Puis il a disparu de l'autre côté du bâtiment.

Comment avais-je pu être aussi stupide ?

Comment avais-je pu être assez stupide pour espérer ? Comment avais-je pu ne me douter de rien ? Était-ce mon désir de redevenir comme les autres qui m'avait aveuglé ?

Aria avait joué un rôle ! Aria qui sauvait la vie des petites filles, c'était de la comédie ! Un spectacle destiné aux Animorphs qui la surveillaient !

J'étais furieux. Je m'en voulais. J'étais en colère.

La colère est bonne. La colère est rassurante. La colère était préférable à toutes les émotions qui menaçaient de me submerger

< Tu es un idiot, Tobias ! Tu es un idiot ! ai-je hurlé. Pourquoi allait-elle aux toilettes de l'hôtel toutes les deux heures, d'après toi ? Quel idiot ! Comment toi, tu n'y as pas pensé ? Comment toi, Tobias, tu n'as pas compris ce que ça signifiait ? >

Deux heures ! Deux heures d'animorphe !

Une animorphe ! Aria était une animorphe !

Tout à coup, je me suis senti faible. J'arrivais à peine à battre des ailes. Je n'arrivais pas à réfléchir. Tout tournait autour de moi.

Jusqu'à cet instant, je n'avais pas compris à quel point je rêvais d'un foyer. D'une famille.

< Tobias, tu n'es qu'un idiot ! Un imbécile ! Je te déteste ! Je te déteste ! Je vais te tuer ! >

Je ne pouvais plus voler. Je suis tombé dans la poussière. Je n'arrêtais pas de me dire : < Je te déteste, Tobias. Je te déteste. Je vais te tuer ! >

Jamais dans ma vie d'humain ou celle d'oiseau, je n'avais été aussi triste. Je savais que mes amis étaient en train de se battre. Je savais qu'ils avaient besoin de moi. Mais je ne pouvais pas les rejoindre.

Je ne pouvais tout simplement pas. Au bout d'un moment, je me suis senti soulevé du sol.

– Viens, Tobias, l'arme va exploser.

C'était Toby. Dans un coin de ma tête, je me suis demandé ce qu'elle faisait là. Plus tard, j'ai appris que la bataille s'était mal passée. Que Toby avait dû venir à la rescousse de mes amis avec les autres Hork-Bajirs.

Elle m'avait vu tomber. Elle m'avait sauvé. Et, une fois à l'abri, elle m'a rendu à Rachel.

Comment Toby savait-elle que c'était à Rachel qu'il fallait me confier ? Je l'ignore. Je sais simplement que je suis resté dans ses bras tout le temps où nous avons battu en retraite.

Ils m'ont conduit à la grange. Cassie m'a ausculté en écartant mes ailes et en soulevant mes plumes. Elle cherchait ma blessure.

– Tobias, où as-tu mal ? m'a-t-elle demandé sans comprendre.

J'ai eu l'impression d'extraire les mots d'un puits très profond. Comme s'ils pesaient une tonne.

< Je n'ai pas mal >, ai-je dit.

– Alors, qu'est-ce qui se passe ? a demandé Jake.

< C'est Aria >, ai-je répondu.

– Ta cousine ? Celle qui veut s'occuper de toi ? a insisté Jake.

< Aria est une animorphe, ai-je répondu d'un ton glacial. C'était un piège. Aria n'est autre que Vysserk Trois. >

J'ai éclaté de rire.

< La cousine qui allait remplacer ma famille ? C'est Vysserk Trois ! Ah ! Ah ! Ah ! Maintenant, je trouve ça très drôle. Très, très drôle. >

CHAPITRE
28

Mais je n'avais pas le temps de m'apitoyer sur mon sort. Je réservais ça pour plus tard. En attendant, j'avais rendez-vous.

C'était le jour de mon anniversaire. Le jour où on devait me communiquer les dernières volontés de mon père. De mon véritable père, même si je n'avais aucune idée de ce que cela signifiait.

Je savais que c'était une machination. Pourtant, je devais y aller. Le seul moyen de me sortir de ce piège, c'était d'abord d'y tomber.

Aria n'était autre que Vysserk Trois. Il me cherchait. Ce qui signifiait qu'il me soupçonnait de quelque chose. Or, si je ne venais pas au rendez-vous, les Yirks comprendraient que j'avais déjoué leur piège. Ils comprendraient que j'étais un Animorphs

Pourquoi s'intéressaient-ils à moi ? Qui connaissait ma véritable identité ? Pourtant, malgré leurs soupçons, ils ne devaient pas savoir que Tobias, le jeune garçon, était l'un des résistants andalites. Sinon, ils ne mettraient pas longtemps à deviner que mes complices étaient des humains, eux aussi. A comprendre qu'ils étaient des amis de Tobias.

A partir de là, une terrible partie d'échecs s'engagerait. Et son issue serait fatale.

Ils commenceraient par s'emparer de Jake, puisque c'était mon copain.

Jake deviendrait un Contrôleur. Et même s'il choisissait de mourir, ils captureraient Marco, son meilleur ami, ensuite Rachel, sa cousine. Puis Cassie… échec et mat.

Il fallait que j'aille chez le notaire pour laisser Vysserk Trois me tendre son piège. Mais je devais à tout prix éviter de me trahir.

Le plus dur, c'était d'y aller seul. Car il y aurait des Contrôleurs tout autour de l'étude de DeGroot. Et s'ils apercevaient le moindre animal suspect, ce serait fini : Vysserk Trois saurait.

Pendant le rendez-vous, les autres seraient

ailleurs. Au moment où j'affronterais DeGroot et la fausse Aria, ils attaqueraient la fabrique d'armes que nous avions dû quitter précipitamment.

J'ai morphosé en humain bien avant d'arriver chez le notaire. Puis j'ai marché pendant un long moment. Cela faisait très longtemps que je n'avais pas marché.

C'est une bien piètre façon de se déplacer. Quand on vole, on évolue dans un monde en trois dimensions. Quand on parcourt la terre à pied, on évolue seulement dans deux dimensions. Sans oublier les feux rouges, la foule, les voitures... voler, c'est tellement mieux.

« Tu devrais être heureux, me suis-je dit, amer. C'est génial de rester un faucon. Comme ça, tu pourras continuer à voler. »

Je n'avais peut-être pas de famille mais, au moins, j'avais des ailes.

Je tremblais en atteignant l'étude. De peur. Pas pour moi : je me moquais bien de vivre ou de mourir. Mais j'avais peur de tout rater. Pour les autres. Pour mes amis.

A mon avis, ce qu'on dit sur les soldats est vrai.

Ils commencent par se battre pour leur pays mais, à la fin, ils luttent pour le type qui est à côté d'eux dans la tranchée.

A cet instant, je ne me souciais pas le moins du monde de l'avenir de la race humaine. Je n'étais pas un humain. J'étais un faucon. C'était pour Jake, Cassie, Marco, Ax, et Rachel que je m'inquiétais. Rachel. Encore elle.

Quand je suis entré dans la salle d'attente, la secrétaire n'était pas là. Je me suis arrêté sans savoir quoi faire. Puis ils sont sortis du bureau. Tous les deux.

Aria m'a souri.

– Je suppose que tu es Tobias, a-t-elle dit.

Je me suis souvenu du jour où je l'avais aperçue par la fenêtre de sa chambre d'hôtel, alors que je planais à trente mètres du sol. Et tout à coup, j'ai compris ce qui m'avait gêné : elle venait de passer plusieurs années dans la brousse africaine, mais elle avait soigneusement arrangé ses cheveux en quittant sa chambre.

Cette coquetterie tout à fait normale pour une dame ordinaire devenait étonnante chez une femme qui vivait dehors et parcourait les pistes dans des Land Rover à toit ouvert.

J'ai lancé :

– Ouais, c'est moi.

Je jouais au petit dur. Cela m'est assez facile, si l'on considère que je n'exprime plus aucune émotion sur mon visage, et que j'ai une certaine tendance à avoir le regard fixe.

Elle m'a pris dans ses bras et m'a serré contre elle. L'animorphe qui s'appelait Aria.

Vysserk Trois.

Je me suis raidi et j'ai voulu me dégager de son étreinte.

– Tout va bien se passer, Tobias, a-t-elle déclaré de façon très convaincante. Nous sommes de la même famille. Je veux prendre soin de toi.

DeGroot est venu me serrer la main. Puis il m'a dit :

– Venez, jeune homme.

Je l'ai alors remarqué : la manière dont il se tenait à l'écart d'Aria. Comme s'il valait mieux ne pas s'approcher d'elle. Comme s'il ne voulait pas la toucher.

Comme s'il avait peur.

« DeGroot est donc l'un des leurs, ai-je pensé. C'est un Contrôleur. Il sait qui est Aria. »

Nous nous sommes installés dans son bureau. DeGroot attendait le signal. Aria jouait le rôle de la femme douce et attentive. Moi, celui du petit dur.

Si je commettais la moindre erreur, les Yirks surgiraient de tous les côtés.

– Nous sommes ici pour lire un important document laissé à Tobias par son père. Par... un homme différent que celui que vous croyiez être votre père.

J'ai haussé les épaules en disant :

– On s'en tape.

Aria s'est penchée vers moi.

– Tu n'as pas envie de savoir qui est ton vrai père ?

J'ai éclaté de rire.

– Il m'a laissé du fric ?

DeGroot a redressé la tête.

– Non.

J'ai levé les yeux au ciel.

– Ça m'aurait étonné.

DeGroot a tapoté les pages devant lui.

– Nous allons maintenant parcourir ce document. Cependant si…

Vysserk Trois s'est alors légèrement trahi.

– Lisez, a-t-il ordonné sèchement.

Puis elle a souri en déclarant :

– Je suis très impatiente de savoir ce qu'il contient.

Le notaire a commencé sa lecture.

Cela faisait longtemps que j'avais perdu l'habitude de manifester mes émotions sur mon visage. J'étais devenu un faucon. Je n'étais plus un humain.

C'est ce qui m'a sauvé la vie.

CHAPITRE
29

– **C**her Tobias, a lu le notaire.

Il a hésité, a pris ses lunettes sur son bureau et les a mises sur son nez. Puis il a repris sa lecture :

– Cher Tobias. Je suis ton père. Tu ne me connais pas, et je ne te connais pas. J'ignore quelle vie a été la tienne ces dernières années. J'espère que ta mère a trouvé un autre homme à aimer. Je sais que tout souvenir de moi a été gommé de ta mémoire. Les preuves de mon passage sur Terre ont toutes été effacées.

Je sentais le regard d'Aria braqué sur moi. Il était aussi perçant que celui d'un prédateur. Elle surveillait mes yeux. Mais je ne la regardais pas. Elle attendait une crispation qui n'est pas venue, une grimace, de l'inquiétude.

Je me suis bien gardé de manifester la moindre émotion.

– J'ai la possibilité de communiquer avec toi grâce à la créature qui a effacé toute trace de ma présence sur Terre. Elle m'a rappelé à mon devoir, et je ne peux y faillir. Mes révélations vont te sembler très étranges, mon fils que je ne connais pas, que je n'ai jamais vu, jamais rencontré. Mais voilà : je ne suis pas l'un des tiens. J'ai pris une forme humaine, mais je ne suis pas humain.

Mes poumons voulaient cesser de respirer, mon cœur s'arrêter de battre. J'avais l'impression d'être cerné. L'impression que Vysserk Trois soufflait sur ma joue, que le notaire se penchait sur son bureau pour murmurer les mots au creux de mon oreille.

Mon père n'était pas un humain !

Il fallait que je réagisse ! A tout prix !

J'ai froncé les sourcils et je me suis exclamé sur le ton le plus sarcastique que je pouvais :

– N'importe quoi !

Le notaire a lancé un coup d'œil à Vysserk Trois, puis il a continué sa lecture :

– J'ai connu une guerre terrible. J'ai fait des

choses terribles. Je n'avais pas le choix. Pourtant, un jour, j'en ai eu assez de me battre et j'ai fui. Je me suis réfugié parmi les Terriens. Les humains. Pendant mon séjour sur Terre, où j'ai vécu comme un humain, je portais le nom d'Alan Fangor.

Le notaire récitait plus qu'il ne lisait, maintenant. Et il me surveillait en plissant les yeux.

– Je portais le nom d'Alan Fangor. Mais en réalité, je m'appelle Elfangor-Sirinial-Shamtul.

J'ai eu l'impression d'être traversé par une décharge électrique de plusieurs millions de volts. Toutes les cellules de mon corps étaient paralysées.

Elfangor était mon père !

Pourtant, je ne pouvais manifester la moindre émotion, ni faire le moindre mouvement. Je ne pouvais même pas écarquiller les yeux. Rien ! Rien !

Le notaire s'était tu. Vysserk Trois me regardait à travers ses yeux de femme.

J'ai haussé les épaules.

– C'est quoi ces histoires ?

J'ai vu la déception dans les yeux d'Aria. La tension est un peu retombée.

– Ce n'est pas tout, a dit le notaire, qui s'est enfin

autorisé à respirer. Mais en réalité, je m'appelle Elfangor-Sirinial-Shamtul, a-t-il répété, comme s'il essayait de me faire réagir en insistant sur ce nom. Et même si tu ne me connaîtras jamais et que nous ne nous rencontrerons jamais, je veux que tu saches que je n'ai pas disparu de ta vie par choix. Je voulais vivre auprès de ta mère et de toi, et vous aimer, tout simplement.

« Nous nous sommes rencontrés, Elfangor, pensais-je. Nous nous sommes rencontrés juste avant que tu ne meures. Le savais-tu ? As-tu deviné, père ? As-tu senti, en ce dernier et terrible moment, quand j'ai dû te laisser aux mains de l'assassin qui se trouve à présent devant moi, que j'étais ton fils ? »

J'avais envie de pleurer. Non ! Une seule larme, et j'étais mort.

DeGroot avait l'air embêté, maintenant. Il n'y croyait plus. Il a rapidement lu le dernier paragraphe, comme s'il était pressé d'en finir :

— Mais je n'étais pas seulement un homme. J'avais une mission. Je devais combattre un ennemi. Pour sauver des vies, dont la tienne et celle de ta mère. Je suis d'une race qui s'appelle les Andalites.

Nous attachons beaucoup d'importance au devoir. Comme beaucoup d'humains, d'ailleurs. Je ne peux pas te dire que je t'aime, mon fils, puisque je ne te connais pas. Mais sache que je voulais t'aimer. Je veux que tu saches au moins cela. C'est signé prince Elfangor-Sirinial-Shamtul.

J'ai éclaté de rire.

– Ça se tient, non ?

– Qu'est-ce qui se tient ? a demandé la créature qui se faisait appeler Aria.

– Mon soi-disant vrai père réapparaît, mais c'est un cinglé. Un crétin. C'est génial, vraiment. Il ne me laisse pas de fric, c'est ça ?

– Non, a confirmé DeGroot.

Je me suis levé. Aria aussi.

– Vous vouliez vraiment vous occuper de moi, ou vous espériez juste toucher mon héritage ? ai-je demandé.

– Je veux m'occuper de toi, a-t-elle répondu avec un sourire forcé. Mais cela va peut-être prendre un peu plus de temps que prévu. Vois-tu, je viens d'être rappelée en Afrique pour faire quelques nouvelles photos de… lions.

J'ai éclaté de rire. Un rire cynique.

– Super. J'ai un père taré et une cousine qui prétend vouloir m'aider mais qui ne semble pas vraiment motivée.

Je me suis retourné et je suis sorti.

– Tobias ! a appelé Aria.

Je me suis retourné.

– Quoi ?

– Je... j'ai connu ton père. Nous étions, si l'on peut dire, de deux bords irréconciliables. Mais ce n'était pas un crétin.

Soudain, Vysserk Trois a souri. D'un sourire rêveur, comme s'il se remémorait de vieux souvenirs.

– Le prince Elfangor-Sirinial-Shamtul n'était pas un crétin. Et la galaxie ne reverra pas de sitôt un être comme lui.

J'ai fait un geste de la main.

– Tant mieux, bon débarras. Vous êtes aussi cinglée que lui !

Je suis sorti en refermant la porte derrière moi. J'ai entendu DeGroot dire :

– Est-ce qu'on le fait prisonnier quand même ? Juste au cas où ?

Aria a ricané d'un air moqueur.

– C'est un gosse des rues. Il ne mérite même pas d'abriter un Yirk dans son cerveau. Elfangor aurait honte de lui. Son fils devrait être un guerrier. Un adversaire digne de ce nom, pas un petit imbécile. Quel dommage.

Cela faisait longtemps que j'étais dans mon animorphe. J'ai quitté l'étude et je me suis dirigé vers un endroit sûr sans être suivi. J'ai démorphosé. Pas une seule seconde je n'ai songé à rester humain. J'ai démorphosé en faucon avant d'être piégé dans mon animorphe.

Puis j'ai remorphosé. En humain. Pour pleurer. J'avais envie de pleurer. De pleurer beaucoup et longtemps. Or les faucons ne pleurent pas.

CHAPITRE
30

Tout était clair, maintenant. DeGroot avait hérité de cette lettre en succédant à son père décédé. Or le jeune DeGroot était un Contrôleur. Il avait dû avoir une attaque quand il avait fouillé dans les vieux dossiers de l'étude et découvert le nom d'Elfangor-Siri-nial-Shamtul.

Pas un seul Yirk vivant n'ignorait ce nom.

Vysserk Trois s'était alors demandé ce qu'était devenu le fils de son pire ennemi. L'enfant connais-sait-il la vérité ? Était-il lié à ces fameux résistants andalites qui lui causaient tant de souci ?

L'enquête a révélé que j'avais quitté l'école, et qu'aucune des personnes responsables de moi ne savait où je me trouvais. Cela avait dû piquer la curiosité de Vysserk Trois.

Il a donc imaginé un piège. Il m'a inventé une cousine, qui devait m'offrir ce que je ne possédais visiblement pas : une maison. Pour que je baisse la garde au moment où on me lirait la lettre.

Mais les choses se sont compliquées. Vysserk Trois a dû s'occuper du jeune Hork-Bajir fugueur, Bek. Il avait tout à coup deux chats à fouetter : Tobias d'une part, les Hork-Bajirs libres de l'autre.

Il a décidé de continuer à jouer son rôle, au cas où je serais en rapport avec les résistants andalites : quand il a rendu visite à Bek, il a feint une certaine humanité. Ensuite, il s'est arrangé pour sauver la vie d'une petite fille. Quel meilleur moyen de prouver qu'il était vraiment humain ?

Ça aurait pu marcher si Vysserk Trois n'avait pas été appelé d'urgence sur le site où on venait de capturer un groupe de Hork-Bajirs rebelles.

A ce moment-là, il était dans l'animorphe d'Aria. Il avait besoin de se rendre rapidement en plein milieu de la forêt. Il a trouvé un hélicoptère, mais il a dû voyager dans sa forme humaine.

C'est là que je l'ai vu. Ça m'a sauvé la vie. Et ça a ruiné ses plans.

J'ai regagné ma prairie, le cœur plus gros que jamais. Elfangor était mon père.

Je savais qui s'était chargé d'effacer toute trace de son passage sur Terre et lui avait permis de me laisser cette unique et courte lettre.

Seul l'Ellimiste en était capable.

Je me suis posé sur ma branche favorite, dans mon arbre favori. Mon père nous avait abandonnés. Ma mère n'en souffrait pas puisqu'elle n'avait pas le moindre souvenir de lui. Sans cette lettre, moi non plus, je n'aurais rien su.

J'aurais pu être en colère, mais je ne me sentais pas en colère. Elfangor avait fui son devoir en se réfugiant sur Terre. Mais il n'avait d'autre choix que de s'y consacrer à nouveau, s'il voulait jouer le rôle qu'il avait joué, être le grand prince qu'il avait été.

J'avais perdu un père. Pourtant, Elfangor s'était trouvé au bon endroit au bon moment pour changer à jamais la vie de cinq enfants ordinaires. Afin de peut-être… peut-être… sauver la race humaine.

Je me suis un instant demandé pourquoi l'Ellimiste avait autorisé mon père à laisser cette lettre. Mais la réponse était évidente.

Voyez-vous, moi aussi, j'avais un devoir à accomplir. Et qui est la personne la mieux placée pour vous rappeler que vos aspirations personnelles sont moins importantes que votre devoir ?

< Message reçu, père. Message reçu. >

CHAPITRE
31

J'ai piqué en silence vers l'herbe, les ailes plaquées contre mon corps. J'ai griffé le sol avec mes serres, écarté ma queue, projeté mes ailes en avant, et j'ai attaqué. Dans un style parfait.

Mes serres se sont enfoncées dans la nuque de la lapine. Et tout à coup, je n'étais plus un faucon, mais un lapin. Je n'étais plus un tueur sans pitié, j'étais sa victime. Je n'étais plus un prédateur, j'étais une proie.

Dans ce cauchemar, je ressentais la douleur de mes serres sur ma propre nuque. J'éprouvais l'angoisse de la mort qui surgit du ciel.

Mais j'ai tenu bon. Je devais accepter ce que signifiait cette vision. Ce que mon esprit voulait me faire comprendre.

La lapine est restée tranquille pendant que j'absorbais son ADN. J'ai acquis cette animorphe. J'ai fait de la lapine une partie de moi-même.

Puis j'ai resserré mon étreinte jusqu'à ce que ma proie cesse de bouger. Jusqu'à ce que son cœur s'arrête de battre.

Après tout, je suis un faucon. Un prédateur. Je tue pour me nourrir.

Mais je suis aussi un humain. Et je ne peux pas tuer, même pour ma propre survie, sans éprouver quelque chose.

J'avais compris le message que mon père m'avait transmis. Et maintenant, j'entendais le message que me lançait mon propre cerveau : « Tu es double, Tobias. Tu es à la fois un faucon et un humain. Tu le seras à jamais. Tu devras toujours tuer pour te nourrir. Et tu en souffriras toujours. »

C'est une situation insupportable. Mais je ne peux échapper à mon devoir. Je suis un faucon et un garçon. Un mélange d'instincts et d'émotions. Je vivrai tiraillé toute ma vie.

J'ai mangé la lapine. J'ai avalé tout ce que j'ai pu garder dans mon estomac.

Puis j'ai morphosé en lapin, et j'ai escorté ses bébés jusqu'au terrier pendant que l'autre faucon volait au-dessus de nos têtes en espérant nous surprendre, comme moi un peu plus tôt.

Ma vie aurait été bien plus facile si je n'avais été qu'un animal sans pitié. Si toutes mes décisions m'étaient commandées. Si tout coulait de source.

Mais la vie d'un humain ne coule pas de source.

J'ai regardé l'autre faucon avec mes yeux terrifiés de lapine. Cette fois, j'étais vraiment devenu une proie. J'éprouvais la même peur que ma victime quand elle avait senti mon ombre se détacher sur le soleil. J'étais soulagé d'affronter ma peur.

< Désolé, frère faucon, ai-je dit à l'ombre de mort qui planait au-dessus de ma tête. Il ne reste plus rien pour toi dans cette prairie. Ces petits sont désormais sous ma protection. >

Je devais tuer pour me nourrir. Mais je ne mangerais pas ces bébés-là. Eux, je les sauverais. Pour pouvoir les plaindre. Comme un être humain.

Ce soir-là, je suis allé voir Rachel dans sa chambre. Elle dormait. Elle s'est mise en colère quand je l'ai réveillée. Mais elle a sauté de son lit et a enfilé une robe de chambre tout en râlant contre cet imbécile d'oiseau qui n'arrêtait pas de venir la déranger en pleine nuit.

Puis elle m'a montré le gâteau. Elle a allumé une bougie, que j'ai éteinte en battant des ailes. Ni l'un ni l'autre n'a chanté *Joyeux anniversaire.* Mais Rachel m'a dit :

– Bon anniversaire, Tobias.

L'aventure continue...

Ils sont parmi nous !
Ne Les laissez pas vous contrôler, lisez...

La découverte
Animorphs n°20
(Première partie d'une trilogie)

Et découvrez dès maintenant
ce qui vous attend !

66 Nous ne sommes pas nés comme ça. Nous ne sommes pas des phénomènes de foire. Nous ne faisons pas de numéro dans un cirque. Nous ne sommes pas non plus les X-men. Notre pouvoir de morphoser – c'est ainsi que nous appelons ça – nous vient de la technologie andalite. C'est une longue histoire que je vais essayer de vous résumer : un prince andalite qui était sur le point de mourir a utilisé une petite boîte bleue pour nous transmettre la capacité d'acquérir l'ADN d'un être vivant rien qu'en le touchant puis, en nous concentrant, de devenir cet être vivant.

Évidemment, sur Terre, nous ne sommes pas prêts d'inventer un tel procédé technologique. Les Andalites sont légèrement en avance sur nous. J'ai même cru comprendre qu'ils possédaient des ordinateurs qui ne tombent jamais en panne. Et je ne vous parle pas de ce vaisseau spatial qui voyage plus vite que la vitesse de la lumière. Mais il y a une chose triste, une chose avec laquelle je ne me permettrai jamais de plaisanter, c'est ce qui s'est passé après qu'Elfangor nous a donné ce pouvoir. C'est quand Vysserk Trois, le chef des forces yirks sur la Terre, est arrivé avec des Hork-Bajirs et des humains-Contrôleurs et qu'il a assassiné Elfangor.

Vysserk Trois peut morphoser... oui, c'est exact, il possède également le pouvoir de l'animorphe. En tout, des millions de Hork-Bajirs ont été transformés en Contrôleurs. Et des millions de Taxxons. Et quelques milliers d'humains.

Mais il n'existe qu'un Andalite-Contrôleur. Un seul Yirk possède le corps d'un hôte andalite. Un seul possède le pouvoir andalite de l'animorphe : Vysserk Trois. C'est Vysserk Trois qui a morphosé en une créature monstrueuse dont il avait acquis l'ADN sur une planète lointaine. Et il a littéralement dévoré Elfangor. Puis, ils ont fait disparaître la moindre trace du vaisseau de la victime.

La moindre trace. Enfin, c'est ce que je croyais.

Je m'éloignais de T'Shondra, balançant doucement ma tête et marmonnant pour moi-même à propos des filles, quand je l'ai vu. Dans un premier temps, je n'ai même pas remarqué le garçon qui le tenait. J'ai juste repéré le cube.

Le cube bleu.

Le cube à morphoser. **●●**